D0943059

## DU MÊME AUTEUR

### Aux Éditions Gallimard

*Jonathamour*, roman, 1968, « Folio », 1991.
*Collège Vaserman*, récit, 1970.
*Le Rêve de Saxe*, roman, « Folio », 1988.
*Le Sentiment géographique*, 1976, « L'Imaginaire », 1989.
*Domestique chez Montaigne*, 1983, « L'Imaginaire », 2010.
*La Vindicte du sourd*, « Folio Junior », 1984.
*La Rue du capitaine Olchanski. Roman russe*, 1991.
*Le Crime du beau temps*, 2010.

### Aux Éditions du Seuil

*La Croyance des voleurs*, roman, 1989, prix des Libraires, 1989, « Points », 1990.
*L'Hexaméron* (en collaboration avec Michel Deguy, Florence Delay, Natacha Michel, Denis Roche et Jacques Roubaud), 1990.
*La Petite Vertu : huit années de prose courante sous la Régence*, Seuil 1990.
*Mémoires de Melle*, roman, 1993, « Points », 1995.
*La Vie privée du désert*, roman, 1995, « Points », 1997.
*Le ciel touche à peine terre*, roman, 1997.
*Les Habits du fantôme* (photographies de François Delebecque), 1999.

### Aux Éditions Fayard

*La Fleur des rues*, 2000.
*Indigne indigo*, roman, 2007.
*La Preuve par le chien*, roman, 2005.
*Virginité*, roman, 2007.
*L'Écoute intérieure*, neuf entretiens sur la littérature avec Jean Védrines, 2007.

*Suite des œuvres de Michel Chaillou en fin de volume*

# haute enfance

Collection dirigée
par Colline Faure-Poirée

Michel Chaillou

# L'hypothèse de l'ombre

Gallimard

*Pour Annette et Jean-Claude*

Je suis un homme qui pense à autre chose.

VICTOR HUGO

Il sentit que cela venait d'une manière ou d'une autre mais que cela venait. Il était assis. Combien de fois ne s'était-il pas assis devant cette fenêtre ? Le jour avait perdu une partie de sa clarté et lui était désormais trop las pour réagir, aller voir de près si la végétation l'apostrophait aussi durement qu'aux premières heures. N'était-il pas un corps étranger ? Quelqu'un d'ailleurs ? Pourquoi cette haute demeure l'accepterait-elle illico sans autres pourparlers préalables avec ses ombres ? On ne s'introduit pas comme cela chez quelqu'un, surtout en son absence. Le préambule du hall ne suffit pas et ce geste qu'il voulut pourtant familier pour repousser au moins un volet. Cela chancelait. Indubitablement cela chancelait. La table au pied de l'escalier magistral avait perdu toute son estime. Il n'aimait plus y appuyer les coudes. Et puis le jardin, quelle pourriture ! On lui avait pourtant dit… Mais était-il encore apte à entendre ce qu'on dit ? Certes cela passera, l'orage passe bien et les éclairs. Néanmoins, il peinait à conserver son calme, des restes de tumulte l'habitaient. D'accord, il n'aurait pas dû agir de cette façon, mais la façon comment la reprendre, l'effacer même, alors qu'elle a eu lieu, que tout s'est produit? Existe-t-il une gomme du délictueux, qui vous rend à nouveau page blanche, malgré le noir des marges?

Il se leva. Trop peu de mots. Il disposait de trop peu de mots. Et ceux qu'il possédait avaient perdu toute leur raison. Il sortit, besoin de respirer l'air plus libre du dehors, osa s'aventurer subrepticement jusqu'au portail d'entrée. Après s'engageaient la route, la lande et tout ce satané pays qui remontait comme on remonte son col par crainte du froid. Il frissonna. Avait-il gardé ses yeux d'enfant? Cette moisissure des alentours et la mythologie qu'elle engendre, la mousse déjà verte de peur d'avoir à étouffer des pas. À moins de téléphoner? Mais le téléphone risquait de sonner dans le vide. Outre que sa propre voix s'étranglerait à entendre celle espérée au bout du fil. Et si tout cela n'était que du simple vague à l'âme?

Les arbres n'étaient manifestement plus ses potes et la piscine vidée de son eau derrière sa grille, qu'un féroce trou cimenté, une caverne à l'air libre qui attendait son ogre. Et l'ogre? son fantôme en nage qu'on recherchait sans nul doute sur toutes les routes de France. Du moins se l'imaginait-il! Mais c'est vrai qu'il se sentait en sueur comme après un cross un peu soutenu. Curieuse course, se remémorait-il: un train, un car, une flopée de lieux à peine nommables où pourtant l'on descend, d'autres d'où vite l'on s'enlève, un carrefour anonyme, l'amorce d'une venelle, un village, parfois une côte assez rude, des portions de pavés où le pas sonne clair. Mais où se situait donc ce mur gris qui n'en finissait plus avant le portail massif défendu de chaînes où un chien aboya sur son passage ? C'était hier ou avant, il cherchait alors les déserts, les endroits déshabités ou bien les meutes de passagers en transit devant les gares, tous ces gens SNCF encrassés par l'idée du voyage qui n'ont même plus le temps de prêter attention au vôtre. Ce qu'il souhaitait, se fondre : n'être plus qu'un dos qui s'éloigne sur un quai.

Il retourna vers la cuisine, ficha une bougie dans une carafe. Il aurait préféré allumer pleins phares la salle à manger, le salon, les chambres, que tous les recoins de la haute demeure brillent en même temps, qu'il ne reste plus comme obscurité que la sienne à laquelle il fallait désormais qu'il s'accoutume en plus de celle quotidienne du soir. Hélas, pas de meilleure torche pour signaler sa présence.

S'il pouvait seulement se faire une omelette, surtout occuper ses mains et puis déboucher une bouteille. La villa «modern style» disposait dans ses tréfonds d'une richissime cave à vous désaltérer jusqu'à la fin des temps. Oui, mais le vin l'affaiblirait. Il existerait au bout de plusieurs verres diminué du tiers, ou du quart, peut-être même de la moitié ? Or, il lui fallait rester vigilant. Il écouta. Une part de lui écoutait. Car pour l'autre part, il n'osait y songer, la surveiller. Son programme était simple : s'étourdir de petits gestes, s'absorber par exemple dans le fait de battre des œufs, mais il n'en figurait plus au frigidaire depuis belle lurette, ou alors ouvrir une boîte de conserve, fricoter quelque chose à griller avec la poêle. Surtout éviter la mémoire, cette folle qui distribue des rôles. Or, justement comme il en avait trop tenu un !

«Plus jamais ça !» proféra-t-il soudain bouche mauvaise devant la glace. Un noble miroir à la belle eau tranquille dans le salon encadré de dorures, juste au-dessus du riche canapé, à deux pas du piano, meuble laqué dont hélas il n'aurait su jouer. Il promena machinalement ses doigts sur les touches. Peut-être que le mieux, tant que le jour tanguait aux fenêtres, eût été de rester vivre au-dehors, de ne rentrer qu'à la nuit pour manger ou dormir (se couvrir d'un toit renforçait trop ses obsessions), ou alors pour se dégourdir l'âme d'aller à pied au centre du patelin, là où hier le sauvage taxi le déposa, mais si, rappelez-vous, près de la chapelle, cette pauvrette, et le tas de ruines antiques qui l'avoisine, de nobles pierres vaguement celtiques ou romaines dont le temps se délesta et qui s'accumulent depuis des siècles entre les platanes d'une place. Et lui-même n'était-il pas en ruine ? Ne fallait-il pas qu'il se reconstruise ? Y mettre une énergie comparable à celle de cet inlassable océan plutôt hagard, juge-t-il, sur ce coin de côte, tant perpétuellement il vocifère, vous n'entendez pas ? Impossible de ne pas l'entendre, il écume de rage contre les rochers, ces abrupts démons qui barrent l'entrée du port.

Oui, à la réflexion, il pourrait peut-être profitant du crépuscule, ce compagnon noir, se mêler aux groupes de touristes, se glisser ni vu ni connu dans quelque boutique, acheter du pain, de la viande, des fruits par exemple. Que risquait-il ? Il n'a quand même pas sa photo dans les journaux. Oui, il pourrait se rendre en ville, à Saint-Pierre par exemple, le bourg où s'amusèrent tant ses jeunes années. Une corvée d'une heure, davantage sans doute avec sa jambe ? Mais il y aurait des choses allumées, des passants décelables, un hôtel, le café d'en face, la sympathie.

Il tira les rideaux, la nuit approchait trop. La nuit approche plus vite à la campagne. Une terrasse courait autour de la maison avant la pelouse et ce fou de fourré inextricable. Plusieurs allées y divaguaient. Qui pourrait se douter qu'il niche dans ce repli obscur ? Le taxi l'avait lâché en plein centre au milieu d'un tas de maisons. Il entendait encore la voiture déraper en repartant. Et comme lui aussi il dérapa... Un jour déjà, et des heures qui se cognent aux heures.

Il réfléchissait. Oui, comment son chauffeur eût-il pu retrouver la villa qu'il occupe ? L'homme plutôt rude avait eu beau le fixer souvent au rétroviseur ! En quoi sa personne assez délicate d'allure méritait-elle un tel examen ? Il lui laissa d'ailleurs un bon pourboire pour endormir sa méfiance. Car par ici elle vous suit partout à la façon d'une chienne errante, se rappela-t-il. Une méfiance devant tout étranger entretenue par ce pays de clôtures et de haies. Que n'enfermeraient-elles pas ?

Il passa un pull. Si on y réfléchissait tout cela n'avait en réalité ni queue ni tête. Il épelait toujours convenablement son nom, le visage dans la glace était toujours le sien, plus du tout celui dans la tourbe laissé là-bas. Il soupira, plus qu'un soupir, une plainte de l'âme.

L'idée lui vint de monter observer les alentours par l'une des quatre fenêtres des combles. Mais qu'y avait-il donc d'observable ? La rue un peu simplette tournait toujours à gauche, du côté de la conserverie. En face, dans une villa biscornue, gîtait un couple de vieillards à la vue basse occupés par leur jardinet, et plus haut c'était bitume et solitude, de rares dernières maisons et aussitôt la route nue oublieuse du flux et du reflux fonçant à toute vitesse vers l'intérieur des terres.

Cette campagne l'étouffait. Pourtant ne serait-ce pas elle la guérisseuse, capable d'introduire du calme dans ses veines ? La mare au fond du parc scintillait et cette volée de peupliers paraissait étrangement y accourir comme pour s'y baigner. Qu'ils en profitent les bougres, la glace viendra bientôt et sa cousine moins coupante, la neige. À elles deux, elles effaceront, sculpteront son remords, lui donneront un autre profil. Il pressentait en cette heure grise les flocons encore retenus dans les résilles de l'air prêts à tomber, s'éparpiller, recouvrir, dissimuler. Manteau sur le corps de la terre prompt à effacer les rides, traits de douleur.

Rien dans le passé ne se produisit, tout cela n'est qu'un leurre, une formidable appréhension de l'esprit qui se retourne sur lui-même et qui veut garder présente dans l'idée l'ombre de ce qu'il laissa, abandonna. À l'entrée de l'hiver, des subtils frimas, la page de la vie s'offrira à nouveau vierge. Il pourra repartir, changer d'alphabet comme on change d'habits, trouver une autre destination à ses phrases, fournir à son destin un emploi plus heureux. Qui soupçonnera jamais ? Certes la villa alors désertée parlera de lui, mais seulement une ou deux semaines, le temps pour elle de se réhabituer au silence, de fortifier sa solitude, de retrouver à nouveau son quant-à-soi. Il l'avait tellement mise dans tous ses états à bouger ainsi d'une pièce à l'autre, à croire, s'imaginer que le moindre réduit parlait de sa personne dès qu'il en sortait. Il a toujours eu l'amitié des choses. Depuis sa naissance, il les sent presque comme ses complices. D'ailleurs comment cette austère bâtisse de deux étages avec ses combles vendus aux oiseaux eût-elle pu témoigner ? La poussière brouillée sans cesse par ses allées et venues ne pourrait livrer à son heure aucune pointure acceptable. Il désirait tellement se fondre, appartenir au ramage du monde.

Il fouilla dans un tiroir à la recherche d'une présence, qu'il ne reste plus seul dans son infortune actuelle. Un simple mot lui aurait suffi, un bout de phrase griffonné à la hâte, du n'importe quoi sur le n'importe quoi des heures, qu'il entende enfin une voix même sur du papier plié en quatre. Or il savait cet ami aujourd'hui à l'étranger volontiers graphomane à ses moments perdus. Et des moments de cette espèce, l'homme, un ancien danseur, en dispersait une multitude depuis que retiré à jamais des corps de ballet il avait choisi de ne plus accompagner aussi vivement son ombre. N'était-ce pas cet ami qui lui avait avoué un jour tenir une manière de journal, de comptabilité de ses propres instants ?

À moins que ce ne soit son épouse, la discrète Solange, qui se laisse toujours précéder par les pas d'autrui, qui n'ose devant vous franchir un seuil ou épuiser une allée, qui avait fini par lui rapporter la chose, lui expliquant avec malice que « c'était mine de rien pour son toujours jeune mari une autre façon de danser que de voltiger ainsi à la pointe de son crayon ! ».

Il sourit. N'occupait-il pas, les sachant pour quelques mois au Nouveau Monde, leur maison ? Peu de chances qu'ils aient la vue assez perçante pour l'apercevoir depuis la Virginie. Mais aussi pourquoi lors de son dernier séjour dans cette villa en leur compagnie, pourquoi lui avoir montré à lui, il est vrai presque de leur famille, où ils cachaient leur clef, dans le creux d'une souche d'arbre qui apparemment ne songe plus à pousser, à agrandir sa silhouette. N'était-ce pas leur façon à eux de lui suggérer d'en profiter durant leur absence outre-Atlantique ? « Si tu as besoin de changer d'air », avaient-ils d'ailleurs cru bon d'ajouter avec leur inimitable ton mi-figue, mi-raisin. « Pourquoi pas », avait-il alors répliqué ! Il ne croyait pas si bien dire.

Aussi, quand la nécessité de disparaître s'imposa à lui, il y songea tout de suite. Et puis avec cet océan mouvementé qui ne cesse de répandre ses hâbleries le long de cette côte dite sauvage, les gens du cru ont bien d'autres chats à fouetter. Qui aura d'ailleurs jamais l'idée de venir l'interpeller là, au milieu de tous ces meubles étrangers dont il apprenait peu à peu les usages ?

Il vida le tiroir sur le lit. L'ombre à la fenêtre s'aggravait.

Bientôt la nuit et son pelage à faire peur. Il n'éparpilla que des colifichets, pauvres détails d'une vie absente, factures, lettres assommantes de sentiments divers. Hier avec le taxi, il aurait pu quand même se montrer plus causant, se livrer par exemple à un simple commerce des lèvres, parler de tout et de rien, de rien surtout, des nuances du temps qui change, de ce sacré automne. Non qu'il regrettât de s'être muré dans un trop long silence, mais les mots ne lui venaient pas, influence des bois taciturnes qu'il traversait, des coups de volant trop brusques du chauffeur, puis ensuite de l'inertie de la route suivie, droite, droite, sans l'aventure de nombreux virages.

De toute façon, interrogé, ce type que pourrait-il dire le concernant? Oui un maintien un peu ému, des traits sur le visage prêts à s'enfuir. Non il ne pourra pas dire cela. On voit bien aux yeux gris du bonhomme que ce n'est pas son vocabulaire. Mais pourquoi alors le fixer tant au rétroviseur? Il ne s'est jamais répandu dans les médias, a toujours voulu cacher sa présence au monde. Taille moyenne, oui le type peut répondre taille moyenne, cheveux bouclés châtains, un brun blond vêtu à l'artiste, costume violet de haut en bas, chaussures de ville. Ah, il boite! claudique plutôt corrigea-t-il, suite à une chute, et pas pour longtemps.

Il se rasséréna. Non il n'avait pas laissé grand-chose de lui dans cette voiture! Peut-être à l'arrivée quand il éprouva le besoin de serrer la main osseuse du type. Besoin qu'il ne s'expliquait toujours pas, lui qui n'appartenait plus désormais à l'humanité vraisemblable. Après, il ne lui restait plus qu'à se perdre dans une rue, une autre, gagner le rond d'une place avant de secrètement obliquer, dépasser la poissonneuse conserverie, enfin atteindre les dernières bâtisses de ce village marin, juste avant le trouble des champs.

Mais à quoi bon remuer tous ces faits et gestes, c'était hier, et sa crainte que ladite clef ne soit plus dans la souche. Par bonheur, elle s'y trouvait cette innocente et après ce ne fut plus qu'un jeu, forcer la résistance de la porte de la cuisine qui s'en plaignit un peu, humer l'air du dedans, courir jusqu'aux lits du premier étage pour se réjouir de la présence des draps, s'assurer du bon fonctionnement des rideaux métalliques afin qu'ils livrent passage à cette pauvre clarté de son intrusion. Plein de journaux datant au moins d'un demi-siècle épaississaient comme en août dernier la table encaustiquée du salon assortis de multiples magazines style revues de dentiste.

Il avait écouté. Rien, que les bruits habituels d'une maison laissée à elle-même, soupir des boiseries, plancher qui craque. Dans la niche du chien, il n'y avait plus que le souvenir du labrador et son odeur yeux suppliants et langue pendante.

Un défi de ses amis que de cacher leur clef dans un arbre avec l'espoir sans doute qu'elle finisse, à dormir ainsi dans la mousse, par devenir végétale et ouvre aussi bien le dedans que le dehors. Une idée folle à eux. Mais ils n'en manquaient pas d'idées de cette sorte, que ce démon de Jean-Marc si virtuose utilisait souvent dans ses ronds de jambe dans l'entier de sa chorégraphie lunaire. Que n'eût-il pas dansé? Son chemin d'incertitudes actuelles par exemple. En un éclair, il crut apercevoir cet ami parapher à sa place de quelques gestes irréels son désarroi jusqu'à la cheminée.

Il se rappelait l'été dernier, quand ce couple l'avait hébergé une bonne huitaine, lui et ses problèmes (il en traîne de pleines valises), eux lui évoquant à la moindre occasion leur prochain séjour aux «States» comme ils consentaient un rien snobs à préciser du bout des lèvres, glorifiant sans qu'on les en prie l'exotique demeure qui, selon eux, déjà les espérait mise à leur disposition à Charlottesville par l'université de Virginie qui ne fait pas les choses à moitié, et où lui enseignerait la danse et elle la littérature durant un bon semestre. Oui, avant leur retour inéluctable dans notre Ancien Monde, dans leur villa coutumière, cette bâtisse même que lui, l'intrus, supposait effarouchée par sa propre présence. Oui, il a toujours accordé du sentiment aux choses. Comment les portes ne se plaindraient-elles pas d'être toujours repoussées? Et les fenêtres si criantes de vérité quand on les ouvre? s'interroge-t-il souvent à sa façon biblique. La vérité? Cette pauvresse qui d'après lui demeure toujours en forêt et s'oppose à ce qu'on la sorte du noir des bois. Ce n'est pas une fille des clairières, assène-t-il, que la vérité! En vérité, le mot lui abîmait la bouche.

Il se demanda bizarrement si parmi les arbres du jardin croissaient aussi des trembles, ces peupliers si émotifs qui frémissent au moindre coup d'air. Et comme lui en était devenu un ! Il veut dire une manière d'être, de se tenir bousculé par on ne sait quoi parmi les vivants, brouillage confus dont son image dans la glace a parfois honte. Encore heureux que ce miroir accepte aujourd'hui de le réfléchir, ose-t-il encore penser. Pas d'œufs dans le frigidaire, ni rien de consommable, il lui fallait de toute évidence faire son marché. Du saucisson peut-être pour se mettre la vie en bouche, des radis ? Il répétait comme un somnambule la liste nécessaire à glisser dans le sac qui bientôt allongerait son bras, du poisson, oui, du poisson, un vivace tout juste mordu par la marée du jour !

Allait-il pleuvoir ? L'averse le laverait-elle de tout soupçon ? Il emprunta un des parapluies du vestibule. Devant la conserverie, une dame avancée en âge parlait chien à son chien. Il passa vite. Sur le port, la mer qui se démontait secouait comme une démente les bateaux à l'ancre. Acquérir des pommes de terre ne fut qu'un jeu. Pour les concombres et les radis, l'épicière s'éternisait en propos larges qui englobaient le monde entier, l'actualité, la politique, les guerres lointaines, la violence actuelle, que plus personne ne respectait personne, Dieu sait quoi encore ? Il n'en voyait pas le bout et acquiesçait par de vagues monosyllabes au risque de passer pour un monsieur pas très causant. Qu'acheta-t-il ensuite à cette triomphante commère qui s'ennuyait ferme parmi ses légumes ? Elle s'était mise à énumérer une tripotée de faits-divers, le prenait même à témoin. Il craignit qu'emportée par sa faconde elle n'en vienne à évoquer le sien. Aussi la quitta-t-il assez brusquement, elle et ses tomates d'un rouge sang. Que fit-il alors dans cette abrupte localité adossée à sa butte de terre soulevée ? À un moment, on perd un peu sa silhouette dans le lacis des rues assez marchandes où n'importe qui devient vite quelqu'un d'autre. Il semble avoir taquiné une brasserie. À moins que le client qui boit au comptoir voûté sur son demi de bière déjà ne fût plus lui ? La nuit s'approchait pour soulager les humains de leurs ombres. Combien de temps pourrait-il demeurer dans cet endroit ? L'été dernier, il avait pris bien soin, mû par on ne sait quelle prescience des événements à venir, de se mettre en évidence. Que les rues aujourd'hui ne s'étonnent plus de sa présence et ne le traitent pas comme un étranger. Devant la mairie, il s'accorda un instant de réflexion.

Il sentait que cela lui revenait : des images, des phrases, une réplique, le simulacre d'une scène ancienne avec la neige au-dehors qui glisse dans la nuit sa copie blanche. L'affaire lui occupait trop l'esprit. Un simple détail suffisait, à l'étage par exemple le papier peint déchiré par endroits dans une chambre au débouché de l'escalier et qui lui rappelait… Comment mieux dire ? l'armoire aussi, ouverte sur un déballage de linge intime et qui forcément lui faisait penser… Les serviettes surtout d'analogue couleur et ces deux idiotes de chaises auprès du lit qui semblaient assister les derniers soupirs de quelqu'un. Aussi décida-t-il de coucher en face, dans la pièce de droite, pour que ses idées, elles aussi, le redeviennent, il voulait dire droites, dans ce simple réduit bon enfant à toucher la salle de bains où se lavent tous les malheurs du monde. Il prit d'ailleurs une douche pour laver le sien, avec l'espoir qu'entrer ainsi en ébullition avec lui-même le sortirait au moins pour la nuit de son marasme.

Un coucher de soleil assez sanglant contaminait en effet

les vitres. Il redescendit au rez-de-chaussée. Sur la table embarrassée du hall, un des multiples magazines «people» évoquait un mariage princier et sur une dizaine d'autres des créatures dénudées s'étiraient en maillot de plage. Il songea à son infortune des jours derniers, en égrena mélancolique un peu le sable. Après tout, l'essentiel était de se faire oublier, qu'on perde à jamais ses traces, «il suffit d'éviter le mouillé» osa-t-il se marmonner, car dans le «sec» tous les pieds se confondent, se mêlent. Il se souriait à vide devant la glace.

La télévision hors d'usage n'offrait qu'un écran mort, mais la radio d'un modèle peu courant fonctionnait bien. Il baissa le son pour les informations. À quoi bon savoir ce qu'il savait? Encore heureux qu'aucun journaliste ne s'avisât de donner des nouvelles de cette chose qui le contraignait désormais à vivre retiré sur un point quelconque du territoire dans l'ombre d'une villa désertée. Il entendait l'océan vague après vague battre sa coulpe au bout de l'avenue. Se sentait-il coupable lui aussi avec tous ces gens qu'il naufragea?

Le premier soir, il se fit des œufs au plat, il retrouvait l'appétit, bon signe. Comment supporter la solitude? Il ne savait comment s'y prendre avec cette dame. Il paraît qu'à vivre seul on «s'habite» mieux, qu'alors nos pensées faute d'interlocuteur se parlent davantage. Et il se parlait du haut en bas de l'escalier, un dévalé de marches peu loquaces en marbre. Il enflait la voix par moments pour entendre si l'écho renvoyait autre chose que lui-même. N'importe quoi d'ailleurs, son double prénom:

Charles-André, pas son nom qui l'aurait trop dénudé. Il subissait déjà assez l'interrogatoire des meubles, des hauts miroirs. Quoi ? C'était lui, ce pâle personnage aux cheveux bouclés disant encore sa jeunesse ? Dans la cuisine, il s'éprouvait plutôt gai, mais le salon assez ténébreux le réexpédiait derechef à son affliction. Comment s'en débarrasser ? L'eau au robinet allait-elle comme avant se satisfaire seulement de réjouir ses mains et le savon polisson lui échapper sans arrière-pensée pour glisser malicieusement dans l'évier ? Il s'y essaya à plusieurs reprises. Fonctionner ainsi par petits gestes, pour oublier le grand qui l'avait jeté aux enfers. À ce prix, il retrouverait à coup sûr sa tranquillité.

Le pays où il se cachait, un mélange de Bretagne et de quelque chose d'inexprimé qu'inlassable l'océan pourtant récitait, le baignait d'une sorte de quiétude. Il ne s'était rien passé, les mots lui manquaient pour dire qu'il ne s'était rien passé. Mais alors pourquoi s'enfuir ? Désirer à tout prix se coiffer d'une autre identité ? Maquiller ses papiers ? Cette vieille photo de lui repêchée Dieu seul sait où ? Son nez, oui son nez, sa bouche, oui sa bouche, mais l'expression générale du visage qu'un nuage visiblement obscurcissait ? Un nuage qui avait été en son temps traversé par un éclair dont la foudre l'étonnait encore.

Il sortit sur le perron pour accueillir la nuit ! Demain, il emprunterait l'un des costumes de Jean-Marc, repéré dans la penderie. De dos et pour un œil qui ne s'attarde pas, on pourrait en effet presque le prendre pour son ami

danseur, taille, corpulence identiques, bien que sa chorégraphie ne soit certes pas la même, là où l'autre touche à
peine terre, lui se révèle plus amant de la pesanteur, avec
sa démarche un peu gauche.

Il s'était dit, dans les chambres retirées de son être il
s'était dit, vouloir rester ici une bonne huitaine, le temps
que les braises de son affaire ne rougeoient plus, qu'il n'en
reste somme toute que les cendres, sans rien qui puisse en
réactiver l'ardeur. Le mot « affaire » d'ailleurs convenait-il
à cette vague dispute, des phrases plus des phrases, la
flamme d'un juron, à cette aventure de porte à l'étage
qu'on n'ose d'abord repousser pour que la lumière au
moins du lugubre couloir éclaircisse l'objet d'une crainte
qu'on espère infondée. Il en avait tellement connu dans
ses jeunes années des heures de cette sorte, heureusement
vite dégringolées de l'horloge, de ces moments en suspens
où l'on se demande si sur le cadran où soudain tout
s'attarde, se dérègle, la petite aiguille ne joue pas trop les
grandes.

Charles-André, qui après le décès prématuré de sa
jeune mère avait trouvé refuge auprès de sa tante désormais chargée de son éducation, revoyait ses dix douze
ans aux côtés de cette femme si folle de Jésus (son
randonneur préféré, prétendait-elle avec humour), lequel
en effet guidait le moindre de ses pas. Une créature des
églises avec une voix de sacristie, à peine audible, une
piété qui sentait encore l'encens de l'office d'où elle
paraissait perpétuellement sortir. Était-ce à cause de cette
presque Marie-Madeleine qu'il avait agi ainsi ?

Le hameau à l'entrée de la presqu'île, une vingtaine de chaumières trapues qui s'étiraient entre deux rues, deux saignées à ciel ouvert, suscitait l'admiration des rares touristes qui osaient s'y aventurer, émerveillés de tant de pittoresque et qu'on puisse vivre si paisible devant une telle épaisseur de vagues et un horizon qui se démontait d'un rien. Au bar de la Jetée, ils en venaient presque à redouter l'écume de leurs bières. Du moins, c'était déjà l'opinion saugrenue de Charles-André. Fût-ce à cette sombre humeur salée qu'il emprunta son geste inattendu ? Qui aurait pu croire à le voir si discret de maintien qu'il puisse s'animer de cette façon ? Que sa prime enfance eût été très tôt confrontée à une si folle frénésie marine ne suffisait quand même pas à justifier... Oui, on lui reprochait déjà son langage trop électrique, mais de là à imaginer un tel court-circuit et l'obscurité qui en résulta... Oui, tout gamin ses mots interloquaient, sa mère cherchant d'où ils pouvaient provenir, de quelle terre aux arêtes plus tranchées ? «Mais qui t'a appris ça ?», elle s'apeurait, certainement pas elle, pauvre robe noire perdue dans le souci emmêlé de ses jours. Ils habitaient alors face au large, rien d'étroit chez eux, à cause des fenêtres, trois impassibles ouvertes dans le granit qu'aucune tempête ne paraissait effrayer. Et puis il y avait la lande, cette démone d'herbe rase auprès de qui il courait jusqu'à l'école, là-bas, une baraque héritée de la dernière guerre à l'autre bout de la presqu'île. «Votre fils a beaucoup de vocabulaire», s'étonnait l'instituteur qui le classa très vite premier en rédaction.

«J'apprends tout des mouettes, rétorquait-il parfois à sa mère en guise d'explication, tu as entendu comme elles causent bien?» Il prenait à témoin leur jacassement criard et leur vol ailes déployées dans le pâle soleil, en nourrissait d'ailleurs certaines en douce. Qu'il pleuve, pour lui c'était sa tristesse d'enfant qui inondait les vitres, qu'il se produise une éclaircie et il s'en éclairait jusqu'au soir, malgré le ciel redevenu sombre et la nuit qui s'approchait dans l'haleine des loups. «Quel loup? réclamait alors sa mère, arrête de faire le bête!»

Il sourit à cette évocation, se tailla une tartine dans un quignon de pain rassis, l'assortit d'un bout de saucisson. Cette nuit, il dormirait à l'étage, rideaux métalliques non baissés pour de son lit apercevoir la cime agitée des trembles, ses frères en végétation qu'un simple coup de vent déconcerte. Et comme une assez forte brise s'était levée, il les apercevait en pleines palabres. À l'image de lui-même qui peinait à retrouver l'entière possession de son esprit. Le moindre bruit l'alarmait, que le plancher craque et il en sursautait, qu'une porte d'elle-même s'entrebâille, et il lui supposait aussitôt des mystères, le sien ne restait-il pas à déchiffrer?

Lundi se passa ainsi, partagé entre ses soliloques et des livres tirés des étagères de la bibliothèque défraîchie qui couvrait plusieurs murs. Ses amis affectionnaient manifestement la vulgate à l'eau de rose, les mélos sur papier bible ou a contrario le roman panique. Mais la sienne lui suffisait amplement pour demeurer longtemps entre leurs pages. Impossible de s'installer dans la quiétude d'une lecture suivie, le jour se déchirait trop à la fenêtre et c'était encore lui qui tenait le couteau. Bizarrement, dans le salon, il surprit au-dessus du piano tout un concile de livres religieux voués à la vie du Christ et peuplés d'images du désert rocailleux de la Judée et d'autres terres évangéliques qu'il se promit une autre fois de mieux parcourir.

«Quand je serai plus en jambes», se dit-il. Au fait, il ne boitait plus, son genou droit avait retrouvé toute son élasticité d'antan, un vrai miracle.

Il s'était interdit certaines pièces. À quoi bon pousser des portes, ouvrir de nouvelles fenêtres, le premier étage lui suffisait et la tonitruante salle de bains. Fut-ce la matinée où il repéra un indice dans un quotidien local? Il se revoyait devant le café-tabac-maison de la presse et cette phrase apparemment anodine sous une photo en bas de page. Il avait acheté le journal pour mieux le scruter ligne à ligne à la villa, voir si ce n'était pas plutôt son esprit malade qui ajoutait du sens à la légende de ce cliché d'une vieille demeure émergeant étonnée du siècle, en haut d'une côte qu'il s'imaginait reconnaître :

«Si toutes les pentes gravissent la mienne», se morigéna-t-il. Mais quand même le long mur gris assez ruiné et la grille, et ce qu'on soupçonnait d'inhabituel derrière. Qui sait, peut-être sur la gauche en entrant une grange peuplée d'outils à faire fructifier la terre, l'amorce d'une allée autour de l'édifice en brique rouge, et le parc immense et jaune à cause de cette fin octobre pourrie de feuilles mortes. D'un peu, il eût presque entendu les voix si chères, revu cette maudite serre, cause de tous ses maux actuels.

Il plia le journal. Ne s'occuper que des titres, ne plus entrer dans les détails. Une femme lui souriait assise à la terrasse d'une brasserie proche. Le devait-il à son air un peu interloqué ? Il froissa son journal, l'enfouit furtivement dans son sac. Était-il le jouet d'une ressemblance ? Rien ne ressemble plus à une vieille maison qu'une vieille maison se rassura-t-il. Cette grille on peut l'ouvrir ailleurs et ce pressentiment de parc qui lui paraît familier, sans nul doute un jeu d'ombres de n'importe où qu'attrapa le photographe.

Il se rasséréna. Pourquoi cette bâtisse qu'il fuyait tant l'aurait-elle aussi vite rattrapé ? Cette feuille de chou ne donne que des nouvelles du coin, des pêcheurs perdus en mer, pas de ceux à son image perdus en terre.

Il s'approuva muettement devant une vitrine, content de la formule qui hélas n'était que trop vraie ! Qui pourrait avoir jamais l'idée de venir le rechercher dans ce patelin informe, à peine plus haut que ses vagues ? Ici, il n'y a que l'océan qui interpelle, vous met éventuellement la main au collet. N'était-il pas redevenu citoyen de son enfance ? Il aurait presque pu ressusciter ses éclats de rire d'écolier entre ces villages qui refusent de civiliser la lande. Toujours sa petite herbe (tondue par l'effroi d'un si grand voisinage écumeux autour de la presqu'île) qui s'infiltre partout pour s'opposer à l'extension des hameaux. Retourna-t-il dans le pays de ses primes années pour s'inventer un nouveau passé, repartir du bon pied sous un autre nom, mais lequel? Il se vivait comme rescapé d'un naufrage avec des traits, un visage déformé par les profondeurs. Plus Charles-André mais déjà André-Charles, et pourquoi pas Luc ou Matthieu? N'étaient-ce pas les prénoms d'apôtre dont la sœur de sa mère, une biblique en mal d'enfant, parfois affublait ses dix douze ans? Si seulement il avait pu se réfugier auprès d'elle, profiter de ses conseils. Mais le temps l'avait avalée une nuit dont aujourd'hui encore il se réveillait à peine. Il regrettait sa voix si pleine de jardins, le mystère de ses exclamations. Elle vivait une vie étonnée. Pas d'autre homme auprès d'elle que Jésus avec qui elle marmonnait le dimanche dans les églises. Une grande fille, des yeux bleu clair toujours en mouvement, guettant le facteur, alors que personne ne lui écrivait, sauf…

Il soupira. Ses journées, il allait les construire de cette façon: lever tardif, petit déjeuner au bar de la Jetée, coup d'œil à la presse, commissions à Saint-Pierre, quelques kilomètres pour se dégourdir les jambes, déjeuner à la villa, amorce de sieste, puis promenade à travers la lande livrée alors à ses conflits intérieurs, enfin retour, souper, et dodo. Dans huit jours, il ne sera plus là où on le prend pour un vague parent de ses amis partis provisoirement aux États-Unis. L'argent ne lui manquait pas, et il pourra toujours en retirer à la banque une fois tout tumulte apaisé. L'avenir qu'il déchiffrait dans son miroir lui paraissait soudain plus supportable. Pourquoi alors songer à ce samedi d'il y a à peine un peu plus d'un mois, sur cette place d'un autre âge? à ce pauvre matin du marché aux puces de Nantes éclairé par les restes brouillés d'un été qui en cette fin septembre ne brillait que pour la forme avec un soleil d'occasion prêt lui aussi pour la brocante ? Il se tenait là, dans ce vieux troquet au nom illisible, retenu par l'ardeur d'un jus de fruits, alors que la plupart autour de lui, malgré l'heure matutinale, en étaient déjà au muscadet, causaient cet idiome de fonds de verres, de raclures, de rinçures diverses si familier à ses oreilles, quand soudain...

À quoi bon aller plus loin, vouloir se remémorer cette scène entre deux vins où tout s'engagea ? N'avait-il pas été abusé par une vague ressemblance ? Le voisinage des antiquailles expliquait-il les ressorts fatigués de cet incident, bon pour la ferraille ? La rouille de tous ces objets dépareillés mis en vente sur cette place l'avait-elle gagné ? Bien sûr qu'il s'était alors mépris, trompé par une illusoire analogie de traits, de manières, car comment la personne à laquelle il pensait alors aurait-elle pu revenir de sa mort et s'accouder à ses côtés à sa table ?

« Comment pouvez-vous ? » s'était-il offusqué. La femme, plutôt incertaine d'allure, s'était relevée perdue en mille excuses.

Il rentrait chez lui avec ces images dérisoires en tête. Après tout il pouvait dire « chez lui », car c'était provisoirement sa maison, sa niche, cette villa Rose qu'il occupait depuis à peine deux jours avec déjà tous ces instants froissés dans les fauteuils, les chaises, ce lit qu'il submergeait de ses songes. À la cuisine, c'était bien pour un vivant qu'il mijotait des plats. En lui, le sang circulait librement, il n'en avait pas sur les mains. Pourquoi s'était-il donc mis en tête?… Bien sûr, à Nantes il y aura bientôt une semaine, les circonstances qui rappelaient celles d'autrefois : cette neige précoce (ô combien inhabituelle en cette mi-automne), l'heure matinale, le désert blanc de l'instant, le parc autour pressant de ses ombres qui se lèvent tôt, la vaste demeure familiale alors inhabitée, qui aurait pu résister à une telle analogie ? Et ce foutu étang qui se montre toujours prêt à refléter, à témoigner.

Il chassa d'un coup de pied un malheureux caillou, respira un bon coup ! Il remontait l'avenue en pleine possession de lui-même et d'un pas alerte, l'océan d'ailleurs plus chien fidèle s'était calmé avec ses vagues aujourd'hui toutes maintenues en laisse. À une porte, un vieillard se montra qui lui fit un signe auquel poliment il répondit. En somme, en dehors de ce paquet d'anxiétés qu'il aurait bien aimé renvoyer par la poste, si une telle poste eût pu exister pour des choses de cette nature, il disposait d'un alibi confortable si par hasard on parvenait à lui mettre la main dessus, aussi pourquoi tant s'angoisser ?

Il repassait devant la conserverie, les rues qui changent vite de nom ont beau courir à leur perte, lui ne courait pas à la sienne. À la porte de la villa Rose, il sonna, pour bien montrer à cette bâtisse imperturbable qu'il n'était qu'un visiteur, qu'il ne comptait pas se couvrir de son toit plus d'une huitaine, que bientôt la clef allait retrouver sa cache originelle dans le tronc moussu.

Le mettre ainsi dans le secret n'était-ce pas, de la part de ses amis, une façon bien à eux de l'inciter à en profiter? Curieuse idée d'ailleurs que de tenter ainsi le hasard, ce grand voleur!

Il s'assit sur l'unique banc du jardin. Il éprouvait le besoin de respirer, de remettre un peu d'ordre dans ses idées. Il rêvassait, et quand il rêvasse ses yeux vont plus loin que ce qu'ils regardent. Ainsi de ces gens d'autrefois qu'il croit parfois identifier dans le présent le plus proche… Par exemple, la femme de la brocante de Nantes en septembre dans cet aberrant estaminet qui paraissait avoir adopté la tournure, l'éclat de sa défunte tante ou ce type massif, entrevu un autre samedi de marché aux puces, debout contre le comptoir qui lui rappelait il ne savait plus quel ogre de son enfance rue Marzelle ou ailleurs? Ses mains fortes surtout qui papillonnaient autour de son visage, et cette voix rauque de fond de chopine, de rinçure de verre, qu'il s'imaginait avoir déjà vu vidée.

Il ne sait pas pourquoi tant d'images disparates hantent son être depuis toujours. C'est comme une marée chargée d'algues à certaines heures où il s'empêtre. Du passé qui remonte tout cru à la faveur d'une phrase, d'un geste, d'une attitude. Vivrait-il encombré de fantômes? C'est tout juste si, à table, il ne se retiendrait pas parfois d'ajouter des assiettes. On vit mêlé aux morts, pense-t-il. D'ailleurs cette histoire qu'il s'efforce d'oublier a-t-elle vraiment eu lieu comme il se l'imagine? Certes, la haute demeure existe à Nantes profanée par son geste et il n'inventa pas la profusion végétale autour et l'étang où il jeta… « Moi qu'alors j'ai jeté », se répétait-il. Cela expliquait-il son air depuis si noyé, ses pensées si vaseuses ?

La villa de ses amis n'avait pas bougé d'un pouce durant son absence. Il referma doucement la porte, crainte de la réveiller de son long sommeil. Par la fenêtre, les trembles du jardin, agités de leur folie coutumière, lui faisaient de grands signes. Était-ce pour le faire souvenir ? Mais comment ces peupliers fous auraient-ils pu savoir ? Qu'une bande de leurs congénères en furent témoins n'impliquait pas forcément qu'eux aussi soient déjà au courant. Non, c'était leur gestuelle habituelle, le vent sans doute, une quelconque émotion de l'air !

Il eût été bien incapable présentement de s'exposer à lui-même les circonstances du drame, si drame il y eut ! Les faits étaient encore trop frais dans son esprit. Il ne disposait pas du recul nécessaire. Il lui fallait attendre qu'ils vieillissent, ces faits, que ses mots encore étonnés d'un tel événement déraisonnent moins, qu'il retrouve enfin son parler tranquille de professeur de lettres et un certain détachement.

Il écoutait. Écoutait-il sa propre écoute ? Il allait et venait, passait d'une pièce à l'autre, embarrassé par sa personne, ne sachant à quoi l'employer. La villa autour de lui égrenait son propre silence. Il finit par s'asseoir dans l'un des profonds fauteuils. Qu'il tende le cou et l'horloge murale aurait pu lui dire l'heure. Mais la sienne trop pleine de moments perdus quelle aiguille sur un cadran eût pu l'indiquer ? Il se montrait plus riche en minutes et en secondes que la moindre pendule ! Aussi qu'on soit tôt le matin ou tard dans l'après-midi importait peu, lui ne disposait plus que du même état crépusculaire.

Sûr, il repartira dimanche, dans une semaine exactement. Il venait de s'y décider en allant vers la cuisine, la pièce la plus rassurante. Sans doute à cause de sa table de bois blanc un peu simplette où l'on pose les coudes, de la vaisselle sale de la veille empilée dans l'évier. Certes, il y avait eu le coup de téléphone de tout à l'heure. Qui pouvait bien appeler ? Il se démenait dans la chambre du haut, le temps qu'il descende, la sonnerie s'arrêta, restaient son interrogation planante au-dessus de la table épaisse surchargée de revues du hall et la pâleur de son image dans le miroir du salon. D'un peu, il aurait cru entendre sur la terrasse… Mais il n'y avait personne.

Il avait beau essayer d'oublier, lui remontait à l'esprit une nouvelle fois ce qui l'avait conduit ici. D'autres à sa place n'auraient certes pas fait le même choix. S'en était-il sorti d'ailleurs ? Quelle part de lui-même là-bas à Nantes rue Marzelle grinçait encore avec les portes, se froissait dans le lit défait ? Et cette voix avinée qui hantait ses oreilles ? L'alcool et les verres qui se choquent n'expliquent pas tout. Dans la vaste demeure ancestrale qu'il visitait à nouveau à moitié endormi, sa grand-mère délicieusement vivante était descendue de son portrait. Sans doute rêvait-il ? Car comment justifier qu'elle, décédée depuis des lustres et qu'il ne connut qu'en peinture, ait fait le voyage avec lui jusqu'à la villa Rose, et se tienne là, au-dehors mains frémissantes, interpellant un vague butor qui s'adresse à elle depuis les ombres en trop du jardin ?

Plus tard, il avisera. S'il avait choisi de se réfugier dans la presqu'île de son enfance, n'était-ce pas pour se laver dans ses deux mers, noyer à jamais dans les transports de l'écume ce qu'il ne réussissait pas encore à chasser de son être ? Confier à telle plage, ceci, à telle autre, cela, ce terrible «cela» et ne plus y remettre les pieds, que les rochers tourmentés seuls en conservent le tourment, plus lisible à marée basse. Lui vivra désormais à marée haute. Le hasard avait bien fait qu'un couple de ses amis possède dans cette même presqu'île une solitude. En avoir la clef, c'était en effet détenir celle du large qu'ouvraient les deux étages de ses larges fenêtres, acquérir un horizon. Et il en manquait tellement après toutes ces petitesses ! N'était-il pas condamné depuis ces événements à l'écho plus qu'aux voix qui le firent naître ? Il avait eu beau refermer la bâtisse du drame, tirer des rideaux qu'il eût souhaité certes plus épais, afin qu'aucun regard indiscret ne puisse jamais les percer, il n'en demeurait pas moins agité d'une folle inquiétude. Que ce sombre désordre, cet odieux quiproquo de choses et de gens que de savants miroirs eurent presque honte de réfléchir reste caché aux yeux du monde. Qu'il en oublie presque l'existence.

Oui, vraiment, plus tard, beaucoup plus tard, il avisera, se murmurait-il. Et ce n'est pas cette bande de trembles assez voyous qui avaient eu l'audace, à l'image des actuels peupliers de la villa Rose, de pousser leurs ramures à toucher les baies vitrées du premier étage de l'austère demeure de la rue Marzelle, comme pour désigner à d'éventuels enquêteurs le lieu même du délit, qui pourraient témoigner contre lui. Songe-t-on à interroger les arbres ? À entrer en pourparlers avec l'insidieuse résine ? se marmonnait-il avec insistance, une façon bien à lui de tourner en dérision ce qui l'oppresse le plus. Et il s'oppressait sans raison s'empressa-t-il aussitôt de penser, car en effet ce n'est pas le mur en ruine de la propriété où tout apparemment débuta par des réflexions a priori insignifiantes, ni le bâtiment des communs aux volets rabattus qui pourraient colporter quoi que ce soit, encore moins le si peu loquace étang (bien qu'avec ce dernier si preste à réfléchir n'importe quelle anomalie de ses bords…) ou le serviteur noir en veste rouge de la serre, un mannequin en bois ne parle pas !

Non, à y bien réfléchir, il faudra du temps avant qu'on s'étonne dans le voisinage d'une grille perpétuellement close, d'une absence d'allées et venues autour de cette folie en brique. Il sera lui, alors, Dieu sait où ?

Il respira plus fortement. Sans doute l'atmosphère de cette présente villa de ses amis « américains » qu'il occupait illégalement ? Après en avoir quitté une si chère à son cœur à des centaines de kilomètres, se retrouver par nécessité dans le silence d'une autre demeure chargeait trop ses épaules.

Il sortit sur la terrasse. On est lundi ou dimanche ? se demanda-t-il. Il ne savait plus à quel jour attribuer cette même clarté pâle. Si seulement Jean-Marc et Solange avaient pu se tenir à ses côtés, au lieu de baguenauder comme ils le font en Virginie, ils l'auraient aidé à combler ce vrai trou d'air qu'était devenue sa vie. Que penseraient-ils de son intrusion ? Mais aussi confier la clef à un arbre moussu n'était-ce pas de leur part déjà inviter l'inconnu ? Et inconnu, il l'était désormais, y compris pour lui-même !

Une manière comme une autre de lui dire de profiter de leur absence ? « Si tu as besoin d'oxygène », avait même cru bon semble-t-il d'ajouter Jean-Marc, une phrase de cette nature après l'un de ses entrechats coutumiers. Car par moments, il ne peut s'empêcher de joindre le geste à la parole, de prolonger par une volte ou deux ce qu'il vient d'énoncer. En Amérique, se tient-il aussi en équilibre aigu sur le bord du trottoir à la grande stupéfaction des passants ?

Charles-André eût bien aimé se mêler à ces citoyens des States, s'étonner avec eux de ce « frenchie » capable à ce point de barboter dans l'air. Il ignore la pesanteur, leur aurait-il alors expliqué dans son mauvais anglais. Tous ses pas sont réglés par une musique que lui seul entend !

Il choisit de descendre au village. Hier, au bruyant bar de la Jetée, des pêcheurs du coin discutaient à plusieurs des agitations de la mer qu'ils jugeaient trop surmenée pour la saison. «Après tout on n'est qu'en novembre», gueulait l'un, repris en chœur par «Qu'est-ce que ça va être en hiver, d'ici que les Japonais nous expédient… Comment tu dis?».

Leur «tsunami», avait eu envie de leur souffler Charles-André attablé devant sa bière! Au pays, on le prenait pour l'un des parents des propriétaires de la villa, un cousin, avait-il laissé entendre. Personne autour de lui n'était assez âgé pour reconnaître le gamin qui courait tant la lande. D'ailleurs de ces années soixante-dix, il ne restait rien sur son visage désormais un peu plus affirmatif, un regard qui flotte peut-être, et encore! Toujours autant de cheveux bouclés mais le nez s'était épaissi qu'autrefois sa tante jugeait mutin. Le chalet de son enfance avec sa défunte mère et où ensuite encore tout môme veillé par sa tante il passait ses vacances était toujours debout à quelques kilomètres. Comment s'appelait le voisin déjà? Messager, c'est ça l'abbé Messager, un prêtre à la retraite, plus soucieux de fleurs que de prêches. Un mur de parpaings au fond de son jardin lui cachait la vue du large. Mais le large il devait l'avoir en lui, le disaient assez ses yeux clairs quand il les relevait de son bréviaire.

Que penserait-il de cette affaire? Sa Bible trouverait-elle la solution? À quelle page conviendrait-il que lui, Charles-André, l'ouvre pour se rasséréner entre ses saintes marges? L'obligeant ecclésiastique si attentif à ses jeunes interrogations n'était plus là pour lui répondre. D'ailleurs, il ne savait plus ses prières d'enfant de chœur.

Aucune ne remontait depuis les tréfonds de son être pour gagner ses lèvres. Était-il coupable ou pas ? Seul le Jésus de sa tante et de l'abbé eût pu le lui dire. À la villa Rose, il avait repéré dans le coin du piano, coincé entre deux missels à tranche dorée, un vieux bouquin tout jauni illustré de photos assez vieillottes retraçant les premiers pas du Christ en Galilée, en Judée, qu'il feuilleta faute de mieux toute une matinée. Mais l'image assez pelée du mont Hermon qui atteindrait les trois mille mètres ou celle du lac de Tibériade ne le guérissaient guère de ses anxiétés. Il eût fallu à ses côtés une mer plus calme, moins païenne, or ce diable d'océan, côté sauvage de la presqu'île, rugissait comme le tonnerre. Quel soutien pouvait-il espérer de tant de vagues, ces démones qui ne songent qu'à submerger, noyer ? Jésus n'était pas là pour tancer un tel déferlement, apaiser l'écume comme il le fit paraît-il un jour devant ses premiers disciples, de simples pêcheurs. Même que ce charmant fils de Dieu, non content d'avoir annulé cette tempête, aurait une autre fois réveillé une morte. Faudrait-il qu'à son exemple Charles-André prononce à son tour ces quelques mots dans leur langue de là-bas : «Talitha Koumi», un truc comme ça, qu'il venait de lire, «lève-toi», pour qu'en effet toute cette terrible histoire qui le met tant à bas se relève, que ses idées redeviennent droites, avec juste ce qu'il faut d'ombre, pas plus, pas moins. Contre toute raison, il s'y essaya à la porte de la cuisine, à grommeler ce «Talitha Koumi», en réalité Dieu seul sait quoi ! Une chaise en craqua, la porte gémit, quant au robinet au-dessus du sombre évier il avait été mal refermé. Et pourquoi la radio n'était-elle pas éteinte ?

Il décida de se rendre à l'église du village, une chapelle pittoresque que vénèrent les touristes, coincée entre deux rochers. Non qu'il espérât quoi que ce fût de ces saints vermoulus, statufiés aux flancs de la pauvre nef, mais seulement pour s'y asseoir, obliger un instant son âme à ne plus faire la gueuse, qu'elle et lui retrouvent un semblant de quiétude et ne courent plus la prétentaine d'hypothèses plus folles les unes que les autres. Non, il ne se passa rien, c'est l'ombre, la criminelle avec ses habits de fausseté. Elle qui mélange tout. D'abord, était-il vraiment là ? Comment sait-on qu'on est là ? On peut avoir la tête ailleurs. Ensuite qui pourrait l'accuser ? La grille qui résista à sa poussée ? Elle résiste toujours. Et quand il appela, qui vint ouvrir ? Mais justement appela-t-il ? Certes de toute façon pas l'un des douze apôtres à la parole irréprochable, mais encore moins la personne à laquelle il pense et qui n'est plus quelqu'un. Sauf s'il se leurre et retrace plutôt une précédente visite ? Car à la dernière qui l'entraîna d'un trait jusqu'ici, il n'entrait pas, il sortait, si on peut appeler « sortir » cette furie tâtonnante !

Il conviendrait, se chapitra-t-il, d'éplucher un peu mieux ses jours, veiller à une comptabilité plus précise de ses heures, tenir peut-être jusqu'à un journal de ses dix doigts, savoir exactement à chaque instant ce que font ses mains par exemple ; ses pieds encore, il ne l'ignore pas par le chemin parcouru, mais ses mains…

« Comme tu parles ! » lui aurait à tout coup reproché

sa tante, une éplorée qui joignait souvent les siennes, tout en effet était prétexte à prières à cette folle du Christ qui lui servit de mère, mais la Bretagne n'est pas la Samarie où l'on peut croiser Jésus et lui offrir en bonne Samaritaine un verre d'eau pour étancher sa soif.

Il referma son livre de piété. La Bible a peut-être envisagé une situation comparable à la sienne? Ne conviendrait-il pas qu'il s'en informe davantage pour se tirer d'affaire? fasse un moment son abbé Messager, bréviaire ou missel à la main parmi les fleurs du jardin?

Il rêvassa un peu autour du piano, effleura par pure manie surtout les touches noires du clavier. Comment s'appelait déjà le labrador de ses amis dont il flairait la niche à quelques pas, dans le vestibule? Il décida d'aller prendre l'air au village, d'entendre parler les gens, de se mêler à l'humanité à une table de café, que sais-je encore? Le fait est qu'on le retrouve ce mardi midi un peu étonné aux alentours de la poste.

Et les jours passèrent. Un moment, il pensa laisser avant de repartir un petit mot à ses amis, bien en évidence sur le revêtement de marbre de la commode du salon, pour qu'à leur retour d'Amérique ils sachent au moins que, mis par eux dans la confidence de leur clef tapie dans le tronc moussu, il s'était permis en leur absence de profiter fortuitement de leur hospitalité, mais, qu'ils se rassurent, il n'avait touché à rien de fondamental de cette noble villa, à peine dérangé quelques grains de poussière qu'il n'avait pas omis avant son départ d'expulser dans un grand ménage associant balais et plumeaux.

Puis, il changea d'avis, car n'était-ce pas mettre la police sur sa piste, si police il y avait? N'aspirait-il pas plutôt pour l'instant à effacer toute trace de son passage sur cette terre? «Je parle comme la Bible», constatait-il amusé.

En cet endroit de la presqu'île, la côte moins affirmative se dissout plutôt en sables divers. Il n'y a que quelques rochers au loin pour combler les anfractuosités du large. Il s'y promène souvent jusqu'à un bois de pins familier à ses jeunes années quand, en compagnie de sa tante (l'énamourée du Christ qui l'avait recueilli après le brusque décès de sa mère survenu un après-midi que grandissaient les ombres), il jouait avec sa prime enfance.

«Charles», appelait sa tante inquiète de ne plus l'apercevoir entre les arbres. «Charles-André», mourait-elle encore de dire tournant sur elle-même, regardant de tous côtés.

«Reviens!» criait-elle, le suppliant de prendre un peu mieux en compte son anxiété originelle et d'à nouveau se montrer à l'orée du bois. Déjà ce désir en lui, tété avec le lait de sa maternelle, de s'enfouir, se cacher et pas seulement du soleil, de se dissimuler aux yeux de tous, d'entendre la réalité lui courir aux trousses, le bon sens qui le somme en pure perte de réapparaître au grand jour, de l'adjurer de ne pas trop s'écarter de la compagnie de ses semblables. Le sont-ils? répondrait-il désormais. N'appartient-il pas à une autre espèce née plus à l'ombre? Car pourquoi si petit cette mélancolie? Ce chagrin sans cause qui lui tirait les traits, cette pâleur, ces joues qui n'aspiraient qu'à se creuser? Alors, on le jugeait dissimulé, pas franc du collier. À l'école, à la récréation, il bouge peu, niché dans son coin, déplorait déjà l'instituteur, se demandant ce que ce pourtant assez bon élève avait bien pu commettre de si répréhensible dans son dos de magister pour se terrer ainsi comme un puni, un déjà-coupable dans le coin le plus obscur du préau?

Adulte, n'a-t-il pas toujours la même attitude? À la radio pourtant, au bulletin d'informations, rien ne transpirait de son drame. Comment faire aujourd'hui pour ressusciter ses années ingénues et ressortir du bois aussi innocent qu'à cette époque, après avoir abandonné dans la profondeur des halliers ce qui s'était réellement passé?

«Réellement», se répétait-il, et l'adverbe lui parut subitement manquer de conviction. Sa tante? Que penserait-elle de sa situation présente? Jugerait-elle à son tour son ombrageux neveu trop sous le préau? Son instituteur à elle, c'était le bon abbé, son voisin, avec qui elle échangeait des propos évangéliques depuis leurs respectifs potagers. Une fois elle avait rougi d'apprendre son prénom, un que Charles-André depuis oublia mais qui n'allait pas, lui semblait-il, à la corpulente silhouette de l'ecclésiastique qui avait dû se goinfrer de trop d'hosties, du moins c'était son opinion actuelle, un peu sacrilège.

Il songeait à leur charmant duo, d'un jardinet à l'autre séparés par un grillage que leurs paroles traversaient et le ciel parfois tonnant au-dessus d'eux, l'averse soudaine qui les force à s'interrompre et à rentrer chacun dans son confessionnal, leur chalet voulait-il dire. Si seulement il avait pu les réunir ici autour d'un verre, la cuisine ne manque pas de vin de messe! Peut-être eussent-ils été plus à même que lui de débrouiller la situation inextricable où il se trouvait, de déterminer par exemple si le fait de refermer une porte sur un couloir ambigu, d'avoir au cours d'une soirée soi-disant familiale mêlé trop son vin à d'autres vins mêlés, de s'être laissé ainsi emporter en des contradictions diverses jusqu'à l'injure, bref, tout ce feu de paroles qu'il se reprochait d'avoir attisé, ce furieux des faits et gestes qu'il ne cessait de s'énumérer dans l'arrière-cour de sa tête faisaient de lui… Il n'osait exprimer le mot que n'illustrait que trop son visage coupable dans le haut miroir du salon.

La villa de ses amis d'outre-Atlantique s'élève on le sait à deux pas d'une conserverie et à trois d'une route assez passante, face à une maison coquette peuplée de cris d'enfants. Il avait déjà, pour dissiper toute idée de malentendu, fait un brin de causette avec ses propriétaires, une femme rousse plutôt dans l'âge, et son mari, ancien matelot qui allait encore en mer, mais qui n'avait jamais été en Amérique comme vos cousins. «C'est à cause qu'il est danseur qu'ils ont été invités?» s'informat-il d'une voix un peu empêchée. Charles-André opina. «Et vous-même, demanda la dame, vous faites quoi? — Professeur, répondit-il, mais en arrêt maladie. Pour cela qu'ils m'ont prêté leur maison, pour que mes poumons profitent du bon air.»

«Ah! en Bretagne, on n'en manque pas. Vous rendez-vous compte!» glosa l'encourageant voisin mains dans les poches de son pantalon de velours bleu, avec une évidente satisfaction. «Ici, on a deux mers à notre service, de l'écume, en veux-tu, en voilà. — Mais trop de lapins dans la lande», minauda son épouse, qui vilipendait l'activité de ces longues oreilles qui ne détestaient pas leurs carottes.

Et tout cela, dans la crainte de la pluie, un matin orageux sur le bord du trottoir. Charles-André leur avait même confié qu'il ne lui restait plus qu'une semaine de congé, ce qui avait conclu bizarrement l'entretien.

De cette période, que retenir ? Il va et vient, ressort, entre à nouveau, ne tient pas en place. Mais sa place justement, où la situer désormais ? Le jour s'enfonce déjà presque en hiver. Il fait gris, froid. De noires pensées l'enténèbrent, où donc se trouve la lumière, la solution ? Installer des chaises vides autour de la table de la salle à manger lui rendrait-il la présence des convives et la narration du fatal dîner, l'échange chaleureux malgré tout des paroles et des plats ? Il se revoyait proposant son aide mélancolique à la cuisinière, Mme Joliette la lui refusant gaiement, d'une voix aujourd'hui rentrée dans sa gorge.

Faute de mieux, il s'aventura dans la lande, essayant d'emprunter un peu d'énergie à la frénésie des vagues qui éclaboussaient la presqu'île, désignant de la main comme un enfant les lointains confondants du grand large. Vivre ainsi bras tendu dans l'enthousiasme de l'écume, se promettait-il amèrement. Que le reflux me devienne moins important que le flux. «Au diable la mémoire !» gueula-t-il.

Des idées extravagantes de cette sorte lui traversaient ainsi l'esprit. Il marchait. Les villages, hameaux qui personnifient la presqu'île, donnant une couleur humaine à son herbe sauvage, n'avaient pas bougé d'un pouce depuis ses dix douze ans, toujours le même granit, fortifié par le même silence avec parfois une ombre qui s'escamote à une porte basse et le vent, l'éternel messager qui rend fous les jardinets, les maigres arbustes qu'il ne cesse de tourmenter, de plaquer contre la pierraille des murs.

Il longea un moment la voie ferrée. Le train, il viendra bientôt le prendre armé de son unique baluchon à la gare mouvementée, devant la place et l'école élémentaire qu'il hanta durant tant d'années. Que ne pouvait-il se délester de son fardeau, l'écrire à la craie sur l'un des tableaux noirs afin que le chiffon du maître aussitôt l'efface. Hélas, il n'était plus le petit garçon du fond de la classe, celui qui hésitait toujours à intervenir, ses quarante-trois ans étaient justement trop intervenus, il ne pouvait plus s'asseoir sur l'un de ses bancs innocents. Plus personne pour lui faire la leçon, le tirer de son embarras actuel, était-il…? N'était-il pas…?

Embarras lui parut soudain un mot trop léger pour qualifier, définir ce qu'il avait récemment éprouvé. «La criminalité obscure des galetas.» Pourquoi cette phrase sur ses lèvres? Rien à sa connaissance ne la justifiait.

Restait-il d'ailleurs trop l'homme d'hier, réussira-t-il grâce à la paix de ce pays où seuls les nuages se font la guerre à devenir celui d'aujourd'hui, un simple quidam en veine touristique qui s'assoit sans réserve à la table d'un café, qui ramasse les minutes comme autant de fleurs à signaler sa présence, celui qui tresse l'heure comme un bouquet dont il respire fort le parfum?

Sûr, ce soir, il soupera à Saint-Pierre, dans le sympathique troquet sur le port où la patronne, une corpulente aux bons endroits, lui fait, croit-il, les yeux doux. Son apparente distinction sans doute. Qui pourrait en effet jamais soupçonner en l'apercevant qu'il garde en lui une telle réserve d'ombres ? Une seule l'avait deviné, Diane, sa dernière compagne. Il n'avait eu jusqu'à présent que de vagues amours, mais celle-là, qu'un autre lui avait hélas chipée, ne pouvait plus sous son nouveau nom de jeune mariée, Marchand, l'appeler au téléphone. D'ailleurs comment aurait-elle su qu'il se lamentait dans ce coin ? Il n'avait plus son oreille, lui exposer les faits n'était plus chose possible, y eût-elle d'ailleurs porté un quelconque crédit ? Non, il était vraiment condamné à se les ressasser, à en faire sa Bible, son catéchisme, sa marotte, ses dix commandements, car qui en ce bas monde aurait pu supporter sans frémir l'énoncé possible de tels aveux ? Mais ne se trompait-il pas en s'imaginant si coupable ? Un passant qui s'enfonce dans la nuit d'une venelle est-il responsable de son éventuel dédale ?

Quoi qu'il en soit, parvenu au faramineux troquet, il s'assit à la même table, et à l'avenante patronne commanda une bière.

D'abord il y eut, mais ensuite ? La porte de la cuisine fermait mal, un coup d'air et le vent, ce voyou, s'invitait autour de la table pour embrouiller les couverts. L'eau dans la carafe en dansait même un peu. Des constatations journalières qui agaçaient Charles-André. La maison de ses amis craquait de toutes ses jointures. En supporterait-il longtemps l'atmosphère ? Il avait beau la peupler de ses pensées, laissant une idée là, une autre ici se froissant avec le lit défait de sa dernière nuit, il s'impatientait. À l'escalier, il eût bien ajouté des marches pour monter ailleurs, mais où ? Traînera-t-il désormais comme un boulet le souvenir de cette misérable affaire ? Et puis, il y avait eu ce nouveau coup de téléphone. Non, il s'était bien gardé de décrocher. Ce pouvait être l'une de ces publicités qui vous harcèlent à longueur de journée ou quelqu'un du coin qui sachant la villa à nouveau habitée souhaitait prendre des nouvelles de ses amis. À moins que l'un des invités de cette mémorable soirée qui le lancinait tant n'ait retrouvé sa trace ? Mais il ne voyait pas comment. Il ne s'en était ouvert à personne et le chemin suivi pour venir dans la presqu'île s'entretenir avec son enfance restait si intérieur. En tous les cas, le serviteur noir de la serre, témoin muet du drame, n'aurait pu appeler. Un mannequin en bois peint ne téléphone pas.

Si seulement Charles-André avait su danser comme Jean-Marc, expulser en quelques gestes légers le plus lourd de ses soucis, s'inventer une chorégraphie du sauve-qui-peut pour sortir de son effroi ! Il se répétait pour la millième fois l'étrange scène, la porte à peine entrebâillée où il glisse un œil, pas les deux, dans le lit, la même forme confuse, la neige au-dehors qui en rappelle une autre, le couloir, la vaste respiration de la maison déserte, lui tâtonnant dans l'escalier complice, la même clef, cette fois plus rouillée dans la main, pour ouvrir, vite refermer la grille du mystère. Il part, il fuit plutôt. Existe-t-il une criminalité de la nuit ? La main du sombre a-t-elle encore frappé ? Prémonitoire, la panne d'électricité, la veille au soir, plongeant leur tablée tumultueuse dans le noir : Laurence était-ce encore Laurence ? Maryvonne, Maryvonne ? On ne savait plus qui était qui ? Et quoi ? Pas étonnant que ce matin tôt dans la clarté du soleil levant qui déjà enquête, il ne sache plus lui-même ce qu'il est et pourquoi ?...

Il soupira. À bas les idées fatales ! Aujourd'hui, il se proposait le bar de la Jetée. Quelle heure déjà ? L'établissement aux vitres rendues brumeuses par les marées domine le port, d'où son nom... Le matin de nombreux pêcheurs rentrés d'une nuit au large s'affalent sur ses bancs parmi un mobilier disparate comme sauvé d'un naufrage. Charles-André eût souhaité parfois en apprendre plus sur cette population noueuse de tables et de chaises, de tabourets plus musculeux. Mais le patron n'est guère causant. Il vous écoute, vous entend plutôt, plisse le visage en signe d'approbation et s'accoude à sa caisse. Parfois une vague plus dominatrice que ses congénères paraît vouloir inonder le pas de la porte. Car le café ouvre sur le quai, un pavé glissant qui d'un rien vous entraînerait dans les profondeurs, surtout si la bière vous a trop chargé de son écume.

Charles-André aime s'y asseoir, et sa réflexion prend poupe et proue des bateaux à l'ancre, s'étire plus loin que la jetée. Gagner le large lui aussi, mais pas seulement pour une nuit ! Heureusement qu'actuellement il ne manque pas d'argent. Doit-il à l'issue de ce voyage aux sources retourner chez lui, retrouver son identité : plus Charles qu'André (Charles, le prénom sage de son père pourtant si tumultueux, André, celui un tantinet dissident de son oncle maternel, le frère tant aimé de sa mère), se comporter comme si de rien n'était, monter descendre ses étages avec allégresse, répondre avec politesse à ses collègues au lycée où il est censé enseigner les lettres, ou fuir dans le désespoir de ce que la police ne manquera pas un jour ou l'autre de découvrir. Dans quelques jours la Toussaint où l'on fête les morts, et lui, il en avait pas mal à fêter !

Hier, il s'était promené à la recherche de ses premières années côté baie, là où l'océan si mouvementé se transmue en une onde paisible qui vient vous lécher les pieds. Il eût presque ressuscité la voix planante de sa tante l'appelant aux quatre vents de la plage. À Saint-Pierre, il ne s'était pas attardé devant sa villa d'été qui l'abrita tant durant son enfance, ni devant celle contiguë de l'abbé Messager. Aucun des deux n'était plus là pour l'entendre en confession. D'ailleurs, qu'aurait-il pu leur avouer de si tangible ? Une porte refermée en toute hâte signe-t-elle une culpabilité ? Les fleurs de leurs jardinets, au moins les petites-filles ou les arrière-petites de celles qu'ils éduquaient avec tant de soins (l'abbé avec une onction tout ecclésiastique), poussaient en désordre mêlées à une herbe sans nom, « l'herbe du Malin », prononça-t-il aussitôt avant de toucher du doigt le bois du portillon d'entrée pour conjurer cette mauvaise parole. Aucune fumée ne s'élevait en point d'interrogation au-dessus des deux toits. Leurs nouveaux propriétaires séjourneraient-ils eux aussi aux States ? Et allait-il en voir sortir un de leurs amis plutôt sans gêne qui à son exemple se serait permis d'y habiter en leur absence ? L'idée lui vint de Jean-Marc entraînant la Virginie et Solange, son épouse à malices, dans une danse déréglée. Cette image l'apaisa.

À la radio rien ne filtrait de son histoire, sauf qu'une fois il avait eu un haut-le-cœur d'entendre la description d'un fait-divers qui s'approchait un peu du sien. Non, il pouvait reprendre une marche plus assurée, calmer son reflet fébrile dans les miroirs, répondre posément à son nom. Et d'ailleurs pourquoi vouloir cacher les noms, la presqu'île (cette main de son enfance posée doigts écartés sur les flots), on l'a deviné de toute éternité, c'est forcément celle de Quiberon. De toute façon, n'importe quel sursaut de terre que brusque l'océan ferait l'affaire ! Et lui-même, osa-t-il se dire, n'en était-il pas devenu une, une presque presqu'île, avec ses quarante-trois ans de distractions, songeries, billevesées en tout genre qui le détachent un peu trop du bon sens pour l'entraîner vers le large ? Mais de quel large s'agit-il ? Lui aussi a son côté apaisé, son côté baie, disons Charles plus qu'André, et un autre côté sans nom, plus écumeux dont chacune de ses nuits bat le rappel !

Fut-ce ce même jour qu'il crut entrevoir Angèle à sa fenêtre derrière l'église de Saint-Pierre scrutant la rue en pente ? Angèle, une copine d'autrefois, son aînée de cinq six ans, devait aujourd'hui flirter avec la cinquantaine. Le temps qu'il s'en assure, elle avait quitté son balcon. Allait-il sonner ? Il passa outre. Pourtant, ce n'est pas elle qui aurait pu lui reprocher de vouloir mêler ses pas d'homme fait à ceux de ses primes années.

Était-ce à cause du brusque soleil, il se sentait cet après-midi-là malgré tout moins naufragé. D'accord, le naufrage avait bien eu lieu, mais il s'en était tiré, avait regagné le rivage. Qui pourrait se douter qu'il y ait trempé ? Rien dans son apparence, dans l'ensemble de ses expressions n'indiquait qu'il ait pu avoir à un moment quelconque la tête sous l'eau.

Cette façon imagée de parler qu'on lui reproche tant depuis sa naissance ne peut plus lui coûter la chambre noire, cette pièce secrète des hauts de la vieille maison d'hiver rue Marzelle à Nantes où tout gamin on menaçait de l'enfermer, sans jamais l'y mettre d'ailleurs, pour tous ses écarts, qu'ils soient de langage ou d'autre chose. Une pièce dont le plancher peu sûr craque à la moindre mauvaise pensée, paraît-il, entre des murs cimentés de remords, lui décrivait sa tante en mal d'Évangile. Dieu sait ce qu'elle et sa sainte Bible lui inventaient aux oreilles quand il se conduisait mal. «Car l'ombre a son catéchisme écrit par le Malin», lui murmurait-elle apeurée. Elle l'avait recueilli au décès de sa mère et ils vivaient ensemble de façon un peu désordonnée l'été dans ce coquet chalet de Saint-Pierre où encore bébé il fit ses premiers pas, une bâtisse impassible contiguë à celle de l'abbé Messager, et l'hiver aux confins de Nantes rue Marzelle dans cette haute maison de brique trop grande pour eux où justement...

Ne serait-ce pas cette chambrée obscure qui, profitant de la mort de sa tante, aurait depuis rayonné, peuplé, contaminé tous les recoins de la demeure familiale du grenier jusqu'à la cave et qui aurait expliqué...

D'après sa dévote tutrice volontiers prophétique, on n'en sortait pas comme on y était entré. Il n'avait jamais pu la situer exactement. Comment aurait-il pu, songe-t-il aujourd'hui, si elle n'existait que nichée dans les imaginations de sa tante? Il y avait bien à toucher le grenier, un réduit assez sombre où s'empilaient de vieilles frusques, un ramassis d'antiques valises toutes couturées par les voyages, mais à l'évidence, ce n'était pas celle-là! Car la sœur quelque peu illuminée de sa mère ne faisait qu'en rire quand il lui évoquait l'objet de ses recherches. Elle échafaudait alors pour lui toutes sortes d'escaliers ténébreux, un lacis de couloirs, des portes où ne frappe jamais le soleil. « Car l'enfer nous côtoie », tonnait-elle. Et devant son air effaré s'empressait de corriger : « Mais non grand nigaud, je plaisante. »

Plaisantait-elle ? Parmi l'éventail de ses gestes enfantins, en avait-il, à l'entendre, fourbi à son insu déjà quelques-uns de nature plus douteuse qui auraient mérité qu'on lui mette entre les mains au moins une fois et sans qu'il s'en aperçoive la clef de suie de ce diabolique incroyable galetas ? Serait-ce cette clef qui lui permit récemment…

Une simple hypothèse, condescendait-elle parfois à avouer quand elle le voyait s'agiter trop ! Mais enferme-t-on un enfant dans une hypothèse ? N'avait-elle pas tort d'infliger à son neveu qu'elle avait pour charge de mener dans le droit chemin cette idée qu'il retrouvait ensuite dans ses cauchemars que dans les replis de toute ombre se faufile un dédale, que nos mauvaises actions en sont les concierges ? La preuve ! Quarante ans plus tard, il s'était même, dès son entrée dans la villa de ses amis, abaissé à en rechercher l'équivalent, un endroit confiné, se souvenait-il, où la nuit, cette louve, guette la fin du jour et le retour quotidien de ses filles d'ombre qu'elle rappelle au soir dans sa tanière.

Des bêtises quoi, des rêveries que sa tante allait pêcher dans ses lectures auprès du lac de Tibériade, à l'époque de son flirt avec les apôtres, avec son Jésus comme elle répétait avec amour. Aucun homme n'avait su à ses yeux

l'incarner, aussi était-elle restée farouchement céliba-
taire. Dans le voisinage, on la jugeait un peu toquée,
mais si charmante. «Un peu d'obscurité, et tu maçonnes
autour», lui jetait-elle parfois en guise d'explication
quand ses dix douze ans insistaient trop pour enfin savoir
le vrai du faux ou le faux du vrai!

Ce fut Angèle qui la première l'identifia. Il s'attardait à Quiberon, sur la jetée de Port Maria, là où on s'embarque pour Belle-Île, attentif à tous ces gens qui ont le désir d'entreprendre, d'aller voir de près les curiosités de l'horizon. Elle avoua avoir hésité, mais des restes d'enfance sur le visage glabre de cet homme grand et mince au regard soutenu la firent se décider à l'interpeller. Ils s'embrassèrent. Et après quelques premières paroles forcément convenues engagèrent une conversation plus intime à la terrasse d'une brasserie fertile en allées et venues. Il confirma être sur le point de repartir, n'être là que pour quelques jours. Oui, il habite toujours Nantes, lui cita une rue illusoire du côté de Sainte-Croix, si elle connaît un peu la ville, et avoir été invité par de chers amis actuellement aux États-Unis à profiter durant leur absence de leur splendide villa à Portivy, mais, avoua-t-il assez comique, cela fait beaucoup de pièces à occuper pour un homme seul. Aussi en change-t-il chaque soir pour éviter toute jalousie entre les chambres et que l'une ou l'autre ne prenne pas pour du dédain s'il ne s'est pas encore aventuré à y coucher.

Elle rit : «Tu n'as pas changé. Toujours le même petit garçon au vélo bleu qui déraillait autant que son dérailleur.»

Il rit aussi. Elle se tenait assise à ses côtés, croisant et décroisant les jambes, un peu émue de leurs retrouvailles. Sous ses abondants cheveux frisés sortis récemment tout blonds des mains du coiffeur, des expressions de la fillette de naguère couraient sur son visage encore assez beau, autour d'une bouche qu'il n'eût pas détesté naguère cueillir de deux ou trois baisers. Il retrouvait le fond bleu de ses yeux bleus, et cette parole enjouée qui autrefois lui mettait le cœur en fête. Ils décidèrent de ne pas se quitter tout de suite, de déjeuner par exemple ensemble. Oui elle vivait désormais à longueur d'année dans la presqu'île. «Les hivers y passent plus vite» expliquait-elle, et puis elle s'y sent davantage en sécurité. Depuis la mort de son mari, oui un capitaine au long cours comme son propre père, elle flotte un peu, ne sait plus trop quoi faire d'elle-même. À Saint-Pierre, elle a ses relations, se sent moins seule.

Bref, ils causèrent, cherchèrent du même pas un restaurant agréable avec vue sur la mer qui ce jour-là manifestait une certaine mauvaise humeur avec toutes ces vagues qui s'écroulaient de colère sur la plage.

Bref, c'était l'interprétation de Charles-André. Elle en souriait, accepta de sa part un doigt de vin, plus quelques exclamations encore plus imagées qui les menèrent sans plus de façons au dessert. L'ennui le gagnait. Il s'endormait presque tout en parlant yeux mi-clos qu'il ouvrit soudain tout grands quand elle lui rappela d'une voix gourmande, les lèvres enivrées par sa glace à la vanille, la maison au fond du parc touffu où toute leur bande assoiffée d'inconnu s'engouffrait à la mauvaise saison en l'absence des propriétaires qui n'y venaient que l'été et où eux jouaient à se faire peur. L'obscurité y était en effet plus dense qu'au-dehors et même qu'une fois avec des cris d'ogre mangeur de chair fraîche, lui, le beau Charles-André, les avait pourchassées dans tous les coins et recoins de cette sale baraque, elle et les autres filles :

« Tu ne te rappelles pas ? »

Il fit le mort, déclara ne pas se souvenir, croit cependant, à la réflexion et en y songeant bien maintenant qu'elle en parle, avoir peut-être à nouveau dans les yeux la serre et son serviteur laqué noir en bois tenant un plateau.

« Mais il n'y avait pas de serre et où as-tu été chercher ce mannequin en bois ? »

Elle s'époustouflait. Il s'excusa. Oui, c'est vrai, où avait-il la tête ? Un effet du soleil inattendu en ce début de novembre ? En réalité, il ne savait plus comment s'y prendre pour la quitter ! Leur enfance commune qu'elle ressassait lui devenait franchement insupportable ! Il n'en avait aujourd'hui rien à secouer, quoi qu'elle en dise, de tous ces copains et copines habitant ici, couchant là, décédés ou pas d'ailleurs ! Pour qui sonne le glas, c'était pas son truc !

Il avait demandé subrepticement la note, paya quand

on la lui présenta rubis sur l'ongle, se leva devant elle saisie d'étonnement au milieu de sa phrase, prétextant une course urgente que, dans l'émoi de leur rencontre, il avait complètement oubliée, promit de passer la voir un prochain jour, dans sa coquette petite maison derrière l'église, là-bas, à Saint-Pierre.

Sa voix se faisait suave et il l'embrassa sur les deux joues avant de se carapater d'un bon pas et sans se retourner. Elle toute muette soudain, affalée devant la table, avec plein de paroles en l'air tel un jeu de cartes tout éparpillé autour de sa grassouillette personne.

«Dans le fond, se félicitait-il, la meilleure cachette, c'est de vivre au grand jour.»

Quelle sotte idée que celle qu'il avait eue au début de son séjour de vouloir habiter volets clos, dissimulé aux yeux du monde. N'était-ce pas déjà s'accuser, se comporter en coupable, avoir quelque chose à se reprocher? Pourquoi s'éclairer à la bougie dont la pauvre flamme agrandit les ombres, les nourrit? Il en a déjà suffisamment en lui. Ne dort-il pas lumière allumée pour qu'elles n'entrent pas? Il les entendait ces follettes parfois la nuit baragouiner entre elles assises sur les marches de l'escalier assez ténébreux pour prétendre descendre jusque dans la cave.

«Trêve de boniments» se dit-il, prenant le chemin de Saint-Julien.

Il aurait bien eu besoin du Jésus de sa défunte tante pour éclairer sa marche, sa démarche. Avec son front barré de soucis, il lui eût été plus utile d'aller en Galilée pour demander conseil, au moins aux apôtres, qu'au centre du village dans la même sempiternelle maison de la presse. Pourtant, il pouvait se rasséréner, nul journal dans la colonne réservée aux faits-divers ne signalait même pas l'ombre du sien.

Il respirait, le seul témoin du drame était en bois. Que risquait-il d'une telle veste rouge, de son bras rigide soutenant un plateau factice ? Et la serre encombrée d'outils agricoles, d'objets divers au rebut dont une brassée de vieux jouets de son enfance ne pouvait délivrer aucun indice le concernant, encore moins le hangar hanté de feuilles mortes à l'entrée du parc en haut de sa rampe inclinée. Et ce n'est pas la flaque de l'étang qui aurait pu conserver dans les replis de son eau méduse une quelconque image d'une si funeste soirée. Entre cet étang croupi sous ses feuilles mortes et lui il y a toujours eu mésentente. Ne l'a-t-il pas toujours mal réfléchi ? le mêlant trop complaisamment à la vase de son eau boueuse ? Et laquelle choisir de toutes ces allées qui dispersèrent si joyeusement ses jeunes années pour que ses heures actuelles se redressent, marchent droit ! Il serait d'ailleurs peut-être temps de parler plus explicitement de cette propriété familiale qui l'éleva pour ainsi dire, de citer ses hautes fenêtres qui encadrèrent ses premiers regards, d'énumérer les trembles qui cachent aux yeux du soleil le bâtiment des communs, l'Ombre comme on l'appelle !

Oui, il pouvait respirer, aller chercher son souffle dans les tréfonds de son âme qu'il s'efforçait d'exhaler pacifique. Demander leur avis aux autres trembles du jardin de la villa Rose eût été absurde. Et pourtant, il le fit, s'aventurant à tâter leur tronc émotif. Eux, le vent les agite sans cesse. Et lui n'était-ce pas quelque chose d'aussi subtil, d'aussi peu défini que le vent qui l'agitait ? N'avait-il pas les pieds enracinés dans un mystère, et la tête troublée comme la leur ?

Il réfléchissait. C'était le lendemain du jour où il avait rencontré la toujours belle Angèle.

Il réfléchissait. Revenir à Nantes, dans son douillet trois-pièces du Bouffay ? Son congé de maladie expirait après les vacances de la Toussaint. Reprendre ses cours au lycée comme si de rien n'était ? Écrire à Jean-Marc, à Solange, qu'il s'était permis durant leur absence... Étant un peu fauché, et sachant la clef dans le tronc moussu ? Oui, pour s'éviter les frais d'hôtel, étant obligé de revenir dans la presqu'île pour régler une sombre histoire de famille… Mais qu'ils se rassurent, s'empresserait-il d'ajouter, il laissera la villa derrière lui aussi nette qu'à son arrivée. Il avait souligné le mot net dans un brouillon de lettre rédigé à la va-vite dans la cuisine sur un coin de table, pourtant qui le presse?

«C'est vrai, qui me presse?» se demandait-il. Les horloges de la villa ne s'accordaient même pas entre elles. Au salon, il faisait toujours plus tôt que dans la salle à manger, quant au vestibule, n'en parlons pas! Et comme son heure, à lui, celle que battait son cœur essoufflé, nulle aiguille sur un aucun cadran n'eût su l'indiquer, il se promit:

«Dans trois jours, je fous le camp.»

Quelque chose s'était momentanément sabordé dans son esprit, il ne savait pas quoi, mais quelque chose l'empêchait de distinguer clairement l'enchaînement des faits. Et les faits eux-mêmes, quels étaient-ils? N'avait-il pas rêvé la porte repoussée dans le silence et en toute hâte et la fenêtre qui fermait mal et cet escalier qui dégringolait tous ses pas et cette neige qui insistait sur les vitres.

«Du nocturne de plein jour», conclut-il. Ne plus y songer, la vie à ce prix. Oui, reprendre sa livrée d'homme ordinaire, aimer comme on aime, boire, manger, dormir comme tout le monde. Reléguer dans les oubliettes de son être cette foutue soirée d'il y a à peine quinze jours. Il entendait toujours pourtant la salve des disputes. Ils avaient bu plus que de raison. Disons que par moments de la raison le bouchon avait sauté! Écoutait-on trop les bouteilles vides? Les assiettes remplies par Mme Joliette, l'ardente cuisinière? Il allait juste dire «feu Madame...», mais il s'arrêta à temps! Qui donc parmi ses cousins cousines avait eu l'idée de faire participer le mannequin de la serre à leurs vibrantes agapes? Qui? Cela lui rappelait trop la mémorable soirée de ses douze ans, du vivant de sa tante. Les mélangeait-il? Qui donc aussi à cette époque parmi la nuée d'adultes festoyant autour de la table?

Il décida de se secouer, de devenir plus raisonnable, d'aller boire une bière au bar de la Jetée, de se perdre dans sa mousse, puis d'errer dans l'herbe rase, d'effectuer un ou deux tours sauvages dans l'immense lande, d'abandonner une bonne fois sa vocifération intérieure aux rochers écumeux de l'Atlantique. Qu'ils s'en exaspèrent eux, plus lui-même!

Peut-être, pour se débarrasser de cette hantise, pourrait-il la traiter comme une fable dans son carnet poche revolver, là où il glisse toutes les pensées qui le traversent. Qui sait, si de l'avoir couché par écrit, il n'en ressortirait pas allégé, ravi de l'invraisemblance de cette affaire qu'il croit avoir eu lieu et qui n'est plus?

La pluie menaçait. Il hâta le pas. Le patron au bar de la Jetée le servit sans mot dire. Un des pêcheurs attablés le salua d'un vague bonjour. Le ciel grondait. Sa tante l'habitait, oui elle se tenait là, à ses côtés, le morigénant de faire tant d'histoires pour un semblant d'histoire. Il revoyait ses yeux d'un bleu intense qu'on retrouvait plus perdus sur le visage de sa sœur, sa mère à lui trop tôt disparue, et toujours en route vers autre chose, d'autres pays où vagabondait éternellement son ex-mari, l'inconstant père de Charles-André qui avait la bougeotte!

Mais la folie en brique qui abrita son enfance et que le voisinage à Nantes surnommait le «château» existait bel et bien. Il ne pouvait d'un trait de plume barrer sa grille qu'en pensée il franchissait trop souvent. N'était-ce pas lui qui en détenait la clef, une clef toute tordue comme l'énigme qu'elle renfermait!

Résumons-nous. Voilà un homme d'un certain caractère, dans la force de l'âge qui pourtant agit et parle comme un enfant. Une affaire l'enténèbre à laquelle il n'ose même plus songer. A-t-il bouté la loi d'un coup de pied au cul pour s'installer définitivement dans la posture d'un malfaiteur, d'un possible criminel ? Ou en fut-il au contraire une victime ? Comment parvenir à lui faire dire son rôle exact et ce qui s'est réellement passé ? À l'écouter, on a bien une vaste demeure sise dans un parc aux allées innombrables autour de l'amertume d'un étang, un groupe de trembles dévoyés devant le bâtiment des communs qu'une serre relie à l'édifice principal, laquelle semble tenir un rôle primordial à cause, parmi tout un fatras de jouets divers dont une panoplie de flic avec menottes et flingue exposée avec ostentation, à cause du drôle de mannequin en bois des îles qu'elle abrite tenant un plateau et prêt à vous servir n'importe quoi, puis une tablée animée dans un salon, salle à manger alors que la nuit tombe et que l'on ne

sait bientôt plus de quoi l'on parle de façon si contra-
dictoire, d'autant qu'une panne d'électricité a plongé
tous les convives dans le noir, noir du propos, noir des
visages, noir qu'on retrouve à l'aube du lendemain dans
une chambre qu'une porte entrebâille sur une forme
pas nette dans un lit, et qui fait fuir Charles-André,
alors qu'un soupçon de neige inattendue en octobre
a installé aux fenêtres sa grande copie blanche et qu'il
s'efforce d'effacer ses propres traces jusqu'à la grille, le
tout dit, exprimé confusément par lui-même, en dépit
des bougies qui rendirent la soirée à nouveau intelligible
et que la gardienne, une femme entre deux âges, à tout
moment apportait.

   La langue lui manque à raconter tout cela. Qu'il se
déclare soudain somnambule, sans doute pour exprimer
que ses mots appartiennent à son double nocturne,
n'excuse pas une telle incohérence. Sa grand-mère
maternelle l'était paraît-il, et la nuit revivait ses jours
et alors ? Oui, celle de condition modeste qui épousa
un richissime propriétaire, la fille d'un scieur de long
de basse Bretagne qui, par son minois, ses mains effer-
vescentes, sut gagner les faveurs d'un homme plus
vieux qu'elle d'un demi-siècle et qui donc, grâce aux
attraits de sa jolie personne, hérita de cette folie en
brique de trois étages qu'on vient juste de décrire au
faîte de sa rude montée dans un des faubourgs huppés
de Nantes. Était-ce l'opulence du quartier qui l'éloi-
gnait encore davantage du cœur de cette métropole
régionale qui parfois s'enivre vers le large ? Alors Nantes,

à l'heure qui nous occupe, ne possède plus de pont-transbordeur, sinon Charles-André, qui ne parvient pas à sortir de ses tripes ce à quoi il participa, pourrait, faute de mieux, en attendant d'avoir la force d'entrer plus pré-cisément dans les détails, au moins l'évoquer en long et en large, mais quel rapport ce tablier mouvant qui vous transportait d'une rive à l'autre aurait-il eu avec son histoire ?

Lui seul saurait le dire. Mais il ne dit pas, se promène muettement dans ses pensées vécues comme des ombres à qui il souhaiterait à l'évidence parfois passer les menottes. Est-ce la raison de son silence, de son goût pour les landes qui font taire la terre ?

En cette fin octobre, début novembre, il niche tou-jours au creux de la villa Rose, oui on n'a pas oublié le nom de la villa de ses amis provisoirement américains, à toucher la conserverie, juste après le tournant et la descente vers le port tout frisé d'écume ce soir-là où il décida… Mais il décide toujours et s'en repent aussitôt. Ce qui fait qu'il ne décide rien. Ira-t-il souper dans le modeste troquet à Saint-Pierre où la charmante patronne le sert en priorité ? Il n'y avait pas d'événements dans sa vie. Allait-il s'en susciter un ? N'était-il pas un peu trop au large seul à la villa Rose ? Accepterait-elle de l'y suivre, une fois son service achevé ? Qu'en pense-rait sa défunte tante ? Surtout, ne pas demander conseil à l'abbé, il en saccagerait par dépit toutes les fleurs de son jardin ! Et Angèle ? Il lui suffisait d'aller frapper à sa porte tout contre l'église. Ah, s'il pouvait se décharger de son fardeau en racontant à une âme sœur, certes à mots couverts, couverts par sa peur, tout ce qu'il a vécu, il y a à peine quinze jours. Quinze jours? Un siècle désormais pour lui, une prison perpétuelle dont il ne voyait pas l'issue, ce seuil inondé de lumière qu'il aspirait tant à atteindre!

Vivre comme avant, se promit-il, domestiquer ses humeurs. Ne pas s'écarter plus d'une minute de la ligne générale du jour. Un homme justement était venu sonner à la grille de la villa, le jardinier de ses amis qui en leur absence avait pour tâche de maintenir le jardin en bon état, surtout le bout de terrain fleuri et en pente douce qui touche à la prairie. Ils se reconnurent d'emblée, le visiteur l'ayant entraperçu en leur compagnie à la villa Rose en août dernier, c'était bien en août?

Charles-André opina, l'accompagnant dans son inspection des plates-bandes. Ils causèrent de tout, de rien. Oui, en ce moment, la mer bouge pas mal. Oh, pas celle sur baie, celle-là reste tranquille, mais l'autre, la sauvage, l'océan qui frappe de plein fouet la presqu'île. Il habite aux premières loges de cette fureur, là-bas dans l'un de ces hameaux «ker quelque chose» ensevelis dans le granit. Il n'est pas rare que de l'écume vole jusqu'à ses fenêtres, commente-t-il fièrement. L'homme a un geste vague, le propos avisé, se demande si un jour ou l'autre «vos amis vont pas être obligés» de faire abattre l'un des trembles. Il tâte son tronc malade.

«Ce n'est pas celui-là en effet qui pourrait soutenir la voûte céleste, déplore ironique Charles-André.

— Alors c'est vous qui tenez la maison ? Quand est-ce que vos amis ils retournent des Amériques ? Dans quelques semaines ? Vous dites dans quelques semaines ? Alors vous êtes là durant tout ce temps-là ? »

Charles-André rigole, proteste, fait non non, explique qu'il n'est là que pour les vacances de la Toussaint, qu'il est enseignant, mais qu'il avait été convenu entre ses amis et lui, qui lui avaient d'ailleurs refilé leur clef, qu'au cas où il aurait besoin d'un bon bol d'air il pourrait toujours venir en respirer un à leur villa avant de reprendre le collier.

« Ah dame par ici ça souffle », approuve l'homme qui met un temps fou pour atteindre le fond de son verre. Ils boivent debout dans la cuisine. Charles-André s'impatiente, triture une fourchette, un couteau qu'il avait omis de ranger, tire un tiroir, les range. L'autre n'y comprend rien, lampe à petits coups fort lents le muscat doré : « Ça fait du bien par où ça passe », jase-t-il, évoque subitement un fait-divers lu quelque part, ah si, chez Tanguy à Saint-Pierre, le coiffeur, un truc incroyable qui… « Écoutez-moi bien, figurez-vous… »

Longtemps après avoir refermé la grille sur la silhouette trapue de son visiteur, Charles-André se demandera… L'autre, tout à son histoire, en avait même oublié la localité où était censée s'être déroulée une telle chose, un presque village semble-t-il, au bout d'une rue, mais pas en pente, une grande bâtisse, mais pas ouverte souvent, suite à des démêlés d'héritage, il y aurait eu…

« Figurez-vous qu'il y aurait eu. »

L'homme n'en partait plus. Il a toujours eu la passion des faits-divers, ça le fait bourgeonner. «Le comble pour un jardinier, vous ne trouvez pas?»

Il rit.

«Il faut dire, c'est fou ce que des gens malintentionnés peuvent inventer de nos jours. Encore hier...»

Charles-André avait mis cet «encore hier» presque dehors, n'en pouvant plus de supporter la voix geignarde de cet Émile Touveau, la manie qu'il avait tout en parlant de lisser perpétuellement de la main droite sa jambe de pantalon de velours. Puis, après le départ de son visiteur, il s'était retrouvé seul dans l'immense villa, livré à ses démons intérieurs. L'histoire dite par le type n'était pas tout à fait la même, cependant... Il respira un bon coup.

«Encore hier», répéta-t-il, cherchant à récupérer une partie de son souffle laissé en contrebas. «Encore hier.» Et il eut enfin la force d'en sourire.

Une idée lui vint. Sans doute l'avait-il tirée de l'un de ces dévots opuscules fleurant bon la sacristie qui encombrent la chambre de ses amis à l'étage, comme quoi en chacun de nous habiteraient deux êtres, l'un plutôt du dehors qu'il abandonne présentement aux miroirs de la villa Rose, cet homme à la quarantaine avenante qu'il propage dans le monde, au bar de la Jetée ou ailleurs, et l'autre type, plutôt du dedans, laissé là-bas comme souvenir de son passage dans la folie en brique ancestrale où sa tante, une dingue de Jésus, était à l'époque de ses douze ans décédée mains jointes dans son lit de vieille fille suite à de troubles circonstances qu'il n'osait plus s'énumérer jusqu'à ce fameux soir d'il y a à peine quinze jours où justement...

Il soupira. Serait-ce à son âge innocent d'alors qu'il eût fallu passer les menottes pour empêcher la suite, tout cela ? Il regarda ses mains qui contenaient «tout cela», elles qui avaient agi de la sorte ? Sa culpabilité devenait si grande qu'il en arrivait parfois à vouloir se cacher à lui-même l'identité de l'endroit où il s'était réfugié. Certes une presqu'île, mais plus celle de Quiberon. N'importe quel sursaut de rivage un peu simulateur qui mime une exclamation vers le large aurait pu prétendre le cacher ! Or la côte Atlantique n'en manque pas ni la Manche ou la mer du Nord. Comment le retrouver ? Et d'ailleurs le recherchait-on et pour quelles obscures raisons ? Il n'aspirait plus guère à en dévider le chapelet, réclamait la sérénité de l'âme au pain tendre qu'il coupe, au verre qu'il remplit. La cuisine où il se tenait plus volontiers l'apaisait. Car du reste de la villa il aurait voulu s'en débarrasser les épaules comme d'un grand manteau d'hiver. Faute à novembre, à l'énormité de ces jours allumés d'une lumière basse, au vent, à la pluie noire, heureusement que l'océan tout proche lavait ses yeux en permanence. Devant son humeur soulevée, il sentait moins les siennes, d'humeurs, si sombres, prêtes à lui sauter dessus depuis le moindre recoin !

Il avait pris soin, par une sorte de dérisoire scrupule, d'effacer pour venir jusqu'ici toutes ses traces, passant d'un train dans l'autre, revenant sur ses pas. Jusqu'au nom même de Saint-Pierre (le bourg proche hanté par de vieilles marées usant à leur façon répétitive leurs fonds de culotte sur des rochers nus) qui lui paraissait ne plus être le vrai à force d'être peuplé de ses propres ombres ! D'ailleurs, à son arrivée dans la villa de ses amis provisoirement américains, pourquoi au début de son séjour vouloir taire sa présence, même aux arbres du jardin, au point d'en arriver à marmonner dans le secret de sa bouche son identité complète: «Charles-André Bertrand.» Qui pouvait l'entendre? Trois prénoms forment-ils d'ailleurs un nom? Et il faut un nom pour qu'on vous accuse! Parfois il doutait d'en avoir vraiment un. Était-il plus Charles qu'André ou Bertrand?

Au cours de ses incursions dans le village, sur la jetée du port fouettée par les vagues où se balancent en permanence deux ou trois barques quand l'heure consent aussi à jeter l'ancre, il tentait tellement de se persuader de l'avoir aussi jetée, cette ancre, d'être pour de bon en vacances de tous ses instants, amarré simplement au bonheur d'être. Bientôt en effet, dans une huitaine, il remonterait en selle, répondrait oui non à tous ses collègues dans ce lycée impénétrable de Nantes où il officie comme professeur de lettres. Il n'aurait plus alors qu'un seul devoir, aller tirer les rideaux, repousser les volets de la chambrette des communs où l'inexpiable ne s'était peut-être pas produit! À d'autres moments, le courage lui manquait. Aurait-il jamais la force? Cette folie en brique (rouge sang, trouvait-il moyen d'ajouter) s'élève pas loin de son établissement scolaire, d'un peu il pourrait presque l'apercevoir depuis l'estrade, devant son tableau noir. Et comme il en détenait la clef, si seulement, en plus d'ouvrir la grille, elle avait pu devenir la solution, la clef de toute cette histoire bonne à reléguer aux oubliettes (il y en a toujours dans les châteaux), ce noir souci qui le rongeait jusqu'à l'os.

Il décida, en attendant, de vivre ce mardi comme un mardi, de ne plus lui accoler ce funeste dimanche d'à peine une quinzaine où il participa... Participa-t-il ? La tablée était bruyante, animée de folles plaisanteries. Le vin coulait à flots. Au dessert, qui eut l'idée ? fâcheuse, ô combien ? Il en frémissait encore, n'osait penser plus loin, évitait de toutes ses forces de revisiter mentalement la serre où ce mannequin mulâtre en veste rouge et pantalon pâle qui effraya tant ses jeunes années semblait désigner encore de son bras de bois tendu l'innocente victime. Ce serait M. Audapt, ex-inspecteur des douanes, qui l'aurait, il y a un infini d'années, ramené des îles. Charles-André ne sait plus de laquelle, sans nul doute crénelée de vagues qui façonnèrent l'expression farouche du personnage, son nez busqué comme le bec d'un oiseau de proie. Dans ses orbites, deux billes de verre colorent son absence de regard. Et pourtant durant toute son enfance, il eut le sentiment d'être épié par lui. Aussi passait-il le plus souvent en trombe dans cette maudite serre qui relie les communs au bâtiment principal. Les communs ? Ce bâtiment d'un étage caché par un semblant de forêt où le soleil ne perce jamais, d'où son appellation : « l'Ombre ».

On frappait, semble-t-il, à la porte de la cuisine, il se précipita. Ce n'était que le vent, ce vulgaire cabot qui s'amuse à ébranler toute chose, à gémir dans les jointures. Les trembles, ses frères d'infortune parmi les arbres, paraissaient à travers la vitre lui faire signe. Il y en a cinq à la villa Rose groupés en meute, émeute près de la piscine vide. Demander à Jean-Marc. Mais, quoi déjà ? il avait oublié.

Novembre cette année-là s'approchait trop près des vitres. Ce n'étaient que rafales, coups de vent, brusques averses à vous tremper jusqu'à l'âme. Les vagues, ces surmenées, secouaient tellement le large qu'elles en extrayaient des débris de toute sorte qui polluaient les plages, restes de voiles déchirées par le mauvais temps et plus du tout aptes à claquer en haut d'un mât, choses informes des profondeurs rapportées au rivage pour que celui-ci les humanise, leur donne à nouveau un nom. Charles-André à sa manière en était-il devenu un, une sorte de reste abyssal, de rescapé à son corps défendant d'un naufrage exécuté en pleine terre ? Devant un tel tumulte, au bar de la Jetée on prenait bien soin de refermer la porte. L'avait-il, lui, trop laissée ouverte ? Ces choses des profondeurs avaient-elles à jamais dénaturé ses pensées ? Il avait beau se dire, dans ses meilleurs moments, qu'il ne s'était rien passé, il savait bien que la minute suivante lui affirmerait le contraire car la nuit n'était pas tombée pour rien ce soir-là. Il se rappelait son effroi dans un couloir, le parc si guetteur étalant sa solitude neigeuse aux fenêtres, l'étang qui autrefois l'effrayait de son eau morte ! S'en sortirait-il un jour de toutes ces peurs ? Se réveillera-t-il un matin délesté de cette funeste histoire ? Heureux comme l'eau qui coule au robinet, aussi fluide qu'elle, sans plus de pensées que l'évier qu'elle inonde ! Sa tante avait Jésus dont elle mêlait les pas aux siens. Mais lui ? Si sa Galilée était la Bretagne, la baie de Quiberon qui amusa ses jeunes années n'avait quand même pas les vertus du lac de Tibériade. S'y baigner ne vous procurait pas une conscience plus nette. Il se promit de confier au papier ce qui s'était réellement passé, de refermer de telles heures avec son carnet ! Mais était-ce prudent ? Qu'il le perde et le voilà bientôt devant un tribunal sommé de répondre de ses actes. Lesquels d'ailleurs ? Ceux de nuit ou ceux de jour ? N'agit-on pas quand on dort ? Il fallait pourtant qu'il se fasse une idée plus claire du déroulement des faits. Au début de la soirée, ils étaient plusieurs autour de la table et c'était une longue tablée, les rideaux pourtant épais de la salle à manger n'étouffaient pas les rires, l'éclat des reparties.

« Je suis un homme en panne », conclut-il se levant de sa chaise. Oui il était assis pensant à tout et à rien à la fenêtre la plus exacte du rez-de-chaussée, celle qui délivre le portail de l'entrée et le bout de route à emprunter dans quelques minutes pour descendre au village, consulter les journaux au bar de la Jetée, échanger quelque menue monnaie de conversation avec le patron pas du pays qui s'inquiète souvent de l'humeur du jour. Si les vagues restent bien à leur place et n'ambitionnent pas de déferler jusque chez lui. Le baron Louis vous sert cela en guise de plaisanterie. N'empêche que Louis Baron (son vrai nom que ses amis l'été dernier s'amusaient à inverser à cause de la condescendance tout aristocratique qu'il met à leur servir leur habituel petit blanc) arbore le plus souvent une mine de fond de verre. Un homme des terres né à ce qu'il paraît près d'Auray et qui, depuis la catastrophe du « tsunami » au Japon, ne dort plus que d'un œil, considérant la position hardie de son établissement sur cette pointe herbue qui surplombe d'à peine un demi-pouce l'anse sablonneuse où ces écumeuses, les vagues, sont encagées. Il avoue même le soir au coucher y prêter davantage l'oreille, savoir, répète-t-il avec emphase, si l'une d'elles, plus véhémente que les autres, n'accourrait pas du fin fond de l'horizon pour oser venir éclabousser sa porte !

Charles-André réfléchissait, peut-être écrire à ses amis en Virginie afin de leur apprendre qu'il avait proprement usé de leur invitation tacite de l'été, mais qu'ils ne s'inquiètent pas, qu'il veillerait à remettre tout en ordre dans leur villa avant son départ. En ordre ? Ah s'il avait pu balayer aussi en lui-même, épousseter toutes ces funestes idées, ouvrir les fenêtres. Mais l'esprit en a-t-il ? Il veut dire, des fenêtres, des portes, qu'on puisse y entrer faire le ménage de ses nuits. Car la nuit s'était emparée de sa personne. Il ne voyait plus goutte en lui-même. D'autant qu'il n'était absolument pas sûr du déroulé des événements. À quel moment, par exemple, le serveur en bois blanc (frère moins domestiqué du même personnage entraperçu l'autre samedi à Nantes au marché aux puces) intervint-il ? Et le crépuscule qui noircissait alors les vitres avec cette petite lueur qui remontait, semble-t-il, de l'étang et toutes ces allées furtives se dispersant en tous sens ? Laquelle suivre ? Il aurait bien eu besoin du labrador de Solange et Jean-Marc pour revenir flairer l'insolite d'une telle soirée. Cette chienne ébouriffante, le jardinier la gardait, lui avait-il appris avec une certaine fierté lors de sa récente visite.

Alors aller marcher dans la lande ? Qui sait si en remettant ses pas dans ceux de son enfance entre les hameaux arcboutés dans leur granit il ne récupérerait pas une certaine paix ? Voyons, il se tient là à la villa Rose depuis quatre, cinq jours, trois encore pour arpenter la presqu'île, respirer l'air marin, il a toujours le même âge, son visage n'a pas pris une ride de plus dans la glace, ses papiers attestent ses quarante-trois ans qu'il peut présenter à n'importe quelle réquisition, il va retrouver le chahut de ses élèves sous huitaine, mais plus hélas, depuis le départ de Diane, son oreille favorite, plus aucune créature blonde à qui il aurait pu confier…

On devait approcher de midi. Il sortit, prit bien soin de refermer le portail. L'océan de l'autre côté de la route marmonnait sa complainte. C'était marée basse, il ne s'attarda pas devant la simagrée des rochers, ces noirs démons luisants de goémon, hirsutes d'algues diverses. Ah si sa tante avait pu revenir de sa mort pour marcher à ses côtés ! Son chalet qui tient toujours debout à Saint-

Pierre avait été vendu aussitôt après son décès. Il avait été s'en assurer dès son arrivée dans la presqu'île. Il n'y manquait pas une tuile et le portillon du jardin battait toujours autant sous l'effet d'un mauvais vent. Il avait examiné depuis la rue une à une les persiennes closes. Là qu'autrefois avec sa mère il sentit passer il ne sait plus combien d'hivers. Puis uniquement l'été en compagnie de sa tante qui ne consentait à s'y rendre qu'à la belle saison, lui avec elle, elle avec Jésus dont elle croyait alors ressentir la présence dans l'ombre tendre qui les accompagnait quand ils descendaient à la plage le dimanche après la messe par le chemin de la Vieille-Dame.

Charles-André n'avait alors que dix onze ans, dans une année, il surprendra sa tante morte dans son lit mains jointes, un matin que croyant l'entendre bouger dans sa chambrette il était venu quérir auprès d'elle un premier baiser qui l'aiderait ensuite à se débarbouiller, à vivre sa journée. Mais pas à Saint-Pierre, à Nantes, dans l'antique maison ancestrale où s'était rassemblée la veille au soir la famille confuse, toute cette présence murmurée, clamée, ces innombrables parents dont il mêlait déjà tout petit les noms et prénoms dans sa tête, cousins, cousines, neveux, nièces, vieil oncle, tante surannée… Soirée qui s'était reproduite récemment et à la virgule près avec parmi d'autres convives les mêmes forcément un peu grandis, réunis pour une obscure histoire d'héritage dans cette noble demeure en brique rouge. « Rouge sang », ne put-il s'empêcher de penser à nouveau, faute à ce personnage laqué noir et justement rouge statufié dans la serre, celle qui relie les communs au bâtiment principal et qui autrefois l'apeurait tant. Le type en bois des îles n'avait pas pris une ride, la main restait toujours aussi ferme sous le plateau factice où traînaient toujours quelques vains gobelets.

Et toutes ces images qui lui revenaient en rafales, à la fois celles de son enfance et les terribles dans le même lieu d'il y a quinze jours. Qu'avait-il besoin d'y resonger ?

« J'ai la maladie des maisons » s'excusait-il, surtout celles depuis longtemps inhabitées, les grandes où s'ajoute, aux pas qui résonnent, le va-et-vient de la mémoire derrière des volets obstinément fermés depuis des lustres.

Il gagnait la lande, ou plutôt la lande le gagnait, une désolation d'herbe rase surmontée d'une ruine visitée par les mouettes. À qui cette bâtisse avait-elle appartenu ? Il longea ses murs à moitié écroulés. Était-ce l'effet d'un soudain soleil ? Brusquement, il vit clair en lui, décida d'un pas ferme, à son retour à Nantes, de mettre fin à toute cette histoire, d'aller ouvrir grands les rideaux de la rue Marzelle afin d'examiner de plus près si tout cela, qu'il supposait avoir été, n'appartenait pas tout simplement à son imagination malade. Car aucune information s'y rapportant ne filtrait dans la presse. Or rien n'échappait à son anxiété qui chaque jour au bar de la Jetée épluchait les journaux. Quand il y pénétra, le baron Louis, plus naufragé qu'à son ordinaire, répondit à peine à son vague salut. Ça grondait au bas de la plage. Quelle heure était-il ?

La presqu'île, cette main posée sur les flots qui étreint on ne sait quoi, mais qui étreint. À l'emplacement du poignet, l'isthme, une route plus un chemin de fer et la mer des deux côtés, l'une perpétuellement furieuse, l'autre apaisée mordant à peine ses plages. Et devant le visiteur qui oserait néanmoins s'aventurer sur cette terre à peine sauvée des flots, un fort inexpugnable qui cadenasse son entrée, clef détenue sans nul doute par ce patron d'un bar-tabac qui vit tellement dans la crainte des marées. Mis au courant le baron Louis hausserait forcément les épaules, vous prenant à témoin, comment quelqu'un peut-il être assez fou pour s'imaginer qu'un homme solide comme lui, si résistant au vent, pourrait reculer d'un pouce devant ces filles d'écume comme Charles-André jamais à court d'épithètes aime dénommer les vagues ? Surveiller leur avancée, ce n'est pas les craindre, justifierait-il à tout coup s'il avait les mots. Mais il ne les a pas, perdus pour l'éternité dans les verres qu'il rince et les tables qu'il essuie. Aussi la conversation avec lui tourne-t-elle vite au silence, le vaste que nourrit le battement de la porte vitrée et la rumeur du dehors, l'écho presque indiscernable de la lande, herbe rase sillonnée de chemins à peine énoncés allant tous mourir dans les sables et les galets. Demander leur avis aux rochers, se disait parfois Charles-André à voir ces sortes de pèlerins farouches faire le gros dos contre la houle qui les ensauvage. Tous ces jeux d'écume animés par le large !

Le large ? Ce lieu inexprimable du fond de l'horizon d'où proviennent les vagues, les bateaux sans peur.

Le large ? Ce qui actuellement lui manquait avec toutes ces heures qui se faufilaient étroites dès son réveil par une espèce de porte de service de la terreur.

Quelle prière adresser au large ? Était-ce l'influence des livres pieux découverts sur une étagère reculée de la villa Rose qui le faisait s'exprimer ainsi ? Les mots de sa jeune tante lui revenaient sur les lèvres et dans les yeux ce pauvre grillage qui séparait à Saint-Pierre son jardinet de celui de son voisin à bréviaire, ce cher abbé Messager. Cependant leur charmant duo n'approchait guère de près ou de loin les ténébreux événements d'il y a une quinzaine. Pour lui, Charles-André, c'était une grille et pas cette légère armature de fer-blanc qui grillageait le moindre de ses instants. Était-il déjà quasi en prison puisque condamné à tout apercevoir désormais entre ses barreaux et à avoir dans les oreilles jusqu'à l'âme le grincement rouillé d'un possible remords ? Mais n'avait-il pas grandi ? Pourquoi alors cette effarante nuit de ses douze ans imprimait-elle toujours son être ? Était-ce parce qu'elle paraissait la sœur aînée de celle qu'il venait de vivre et qui l'avait amené en déroute jusqu'à la villa Rose ? Cette nuit d'il y a au moins trente ans et qui vit le décès mains jointes de sa chère tante lequel ne se produisit pas à Saint-Pierre mais à Nantes, dans la demeure ancestrale et dans de troubles circonstances qu'il ne parvenait presque plus à détailler où un fichu mannequin joua pour la première fois un rôle néfaste, oui, ce mauvais type de la serre hélas encore debout dans le passage vitré qui relie rue Marzelle les communs, ce bâtiment toujours à l'ombre, à l'édifice principal à qui le soleil réserve exclusivement ses augustes rayons. Du moins ses satanés douze ans en étaient-ils alors intimement persuadés qui ne cessaient de scruter le visage laqué noir et la main brune peut-être assassine soutenant un plateau où subsistaient quelques verres factices. Bien sûr, sa quarantaine actuelle ne pouvait guère ajouter foi à de tels enfantillages : comment un serveur noir en bois verni, sorte de groom en veste rouge et pantalon blanc, aurait-il pu...

Néanmoins... Il promena toute la journée ce « néanmoins ». Qui sait si à marcher dans la lande entre tous ces hameaux de pur granit avec la mer qui crie sur sa droite, sa gauche, il ne retrouverait pas sa raison, du moins à défaut d'elle un semblant de sérénité ? On n'a jamais vu un meurtre perpétré de cette façon. Un crime en bois blanc, ça porte à rire ! Et d'abord qui lui prouvait qu'un quart de siècle plus tard la même situation s'était reproduite ? Bien sûr, l'énigmatique mannequin dont la joyeuse tablée se servit à un moment par manière de plaisanterie, la fusée des bons mots, le charivari du vin, le choix des liqueurs, au dessert le réconfort demandé à un subtil armagnac. Tout cela arme les pensées. Mais quand même! Certes il s'était mis à neiger de façon inexplicable en octobre, la terre avait revêtu comme lors de ses premières années son manteau blanc d'innocence reléguant tout le noir du monde à l'intérieur de la rouge bâtisse en brique, n'empêche, là s'arrêtaient les semblants de similitudes! N'empêche, les soupçons n'allaient-ils pas nécessairement tomber sur lui? N'était-il pas le suspect primordial, le seul en dehors de la victime à avoir dormi une nuit au «château» comme le voisinage dénomme cette austère demeure défendue d'un parc dont les allées s'entrelacent autour d'un étang où l'esprit se noie? Il serait donc peut-être utile pour retrouver son calme qu'il se remémore exactement et dans les plus infimes détails cette funeste soirée. Comment Mme Joliette par exemple, la cuisinière, mijota son menu et…

Il eût volontiers ajouté plein de «et» à ce et… Mais quelque chose en lui se refusait de se rappeler plus loin, de se récapituler les mille gestes du mortel dîner, de faire le tour de table des insouciants convives, d'entendre à nouveau leurs présences murmurées, clamées, le flot de leur reparties et même de noter l'agitation des rideaux, comme si l'un d'eux eût pu jouer un rôle quelconque dans cette affaire, si affaire comme il le dit souvent il y avait! Par moments, hélas jusqu'à présent en pure perte, il recherchait le vrai mot, le mot subtil, le mot sans ombre qui aurait pu caractériser, définir au mieux de tels faits!

Il parvenait à Kerniscob. «À Kervihan, on boit son sang, à Kéridanvel on jette son sel!» trouva-t-il le moyen de chantonner bêtement sans savoir pourquoi! Besoin de rimes, de rattraper, rameuter ses vacances? De renvoyer aux oubliettes cet épouvantable cauchemar? Car c'était le congé de la Toussaint, dans quelques jours il retrouverait ses élèves dans le lycée qui penche. La méfiance l'avait tellement envahi qu'il se refusait de prononcer à haute voix jusqu'au nom de ce candide établissement perché pédagogiquement sur son coteau. Crainte de l'écho? Pourtant ces bâtiments flambant neufs n'avaient encore rien à se reprocher!

«Marre, marre», se répétait-il, et son pas sonnait plus allègre sur le chemin. «Les haies sont des sorcières», jasait-il pour jaser, pour ne pas retrouver tout de suite l'affreux silence fenêtres fermées qui l'habitait le plus souvent depuis son arrivée à la villa Rose. Il ne devait pas être si loin que ça du sémaphore. À moins que ce poste de surveillance des agitations de la mer n'ait été détruit? Il n'était pas passé par là depuis son enfance. Il avait fallu que Solange et Jean-Marc achètent cette villa pour qu'il revienne dans la presqu'île. «Elle est trop comme moi, osa-t-il se dire, cadenassée côté terre, de l'autre ouverte sur le large.»

Il longeait la voie ferrée. Une heure au moins qu'il marchait aussi bien dans ses pensées que dans la lande. Aller visiter Angèle? Ne l'avait-elle pas invité à venir pousser sa porte ? Dans ce cas, il lui fallait, non pas gagner Quiberon, mais plutôt retourner à Saint-Pierre, à l'eau morte de son port d'Orange aussi paisible que le lac de Tibériade si cher à sa défunte tante folle des Évangiles, ceux de Marc, de Matthieu, de Luc voire de Jean qu'elle relisait sans cesse. Charles-André avec sa formation élémentaire d'enfant de chœur s'égarait vite dans les prénoms des apôtres, des disciples dont elle lui rebattait les oreilles. Certains furent les témoins oculaires de la vie du Christ. Pourquoi le bon Dieu, s'exclamait-elle, ne l'a-t-il pas, elle, fait vivre à cette époque ? Elle aurait pu être la Samaritaine qui donne à boire à Jésus au puits de Jacob, ou une autre Marie-Madeleine ! Que n'eût-elle pas été dans cette Galilée qu'elle froissait mentalement de ses pas ?

Et elle partait d'un grand fou rire qui effrayait un peu le gamin qu'était alors Charles-André, surtout quand les ténèbres du soir commençaient à dire leur messe.

Effet, conséquence trente ans plus tard de cette pres-qu'île si pleine de résonances pour lui ? Il croyait presque par moments entendre cette brune intense marcher à ses côtés. Ce fut un amour un peu simplet, desservi par un inénarrable potager, qu'elle avait vécu sans le savoir avec l'abbé Messager, ayant en commun, lui l'amour du large qu'il trouvait dans sa Bible, elle…

«Elle elle», chantonnait Charles-André pour dérider la lande qui l'entourait de tous côtés, chasser une bonne fois ses mauvaises peurs.

Le chemin de la Vieille-Dame, dénommé ainsi à cause d'une personne du voisinage fort avancée en années qui au siècle dernier le descendit journellement jusqu'au bout de son âge, vous mène certes de point en point, mais aussi... Comment exprimer pierre à pierre son menu gravier roulant, l'exubérance de ses haies qui vont d'un champ de menhirs à la mer? Un escalier de quelques marches l'achève, et tombe à pic sur une plage. L'enfance de Charles-André s'y trouvait ensablée. Ses dix ans y coururent, marmot, il y chercha ses premiers pas.

Assis dans le salon de la villa Rose, il se repassait le film de son après-midi. La demeure de ses amis provisoirement américains respirait de tous ses pores. Il songea à Jean-Marc, à Solange, là-bas en Virginie. Que devenaient-ils? Leur affectueuse présence lui aurait été en ce moment bien nécessaire, celle de Jean-Marc par exemple lui citant en août dans ce même salon cette définition tirée d'un vieux manuel du XVIII<sup>e</sup> siècle : « Qu'est-ce que la danse? C'est l'art de faire des pas réglés.» Lui, Charles-André Bertrand dont les siens se déréglaient tant, et qui, depuis cette foutue affaire, vivait en désordre, il n'arrivait même plus à assumer son ombre, expliquait-il sans trop savoir ce qu'il disait.

En définitive, il n'avait pas été voir Angèle, sa rue l'embarrassait trop de tout son long derrière l'église. Ne s'étaient-ils pas déjà tout dit à Quiberon, l'autre jour ? Et puis, il eût fallu durant des heures deviser autour d'une tasse de thé, s'exprimer poliment en remuant sa cuiller dans sa tasse, alors que l'épouvante l'habitait encore un peu. Pourtant, il pouvait se rasséréner, son cauchemar ne filtrait aucunement dans les journaux, nulle allusion à la rubrique des faits-divers. En était-ce d'ailleurs vraiment un ? Après tout, ce n'étaient pas ses mains qui avaient éventuellement versé, si «versement» douteux il y eut !

Au bar de la Jetée, chez le baron Louis plus loquace qu'au matin, après que Charles-André eut à nouveau épluché la presse comme un malade, ils avaient causé de choses et d'autres, de l'état de la mer qui vu l'heure tardive avait tendance à augmenter le volume de ses vagues. Du moins était-ce l'avis de Charles-André moins accoutumé que le robuste cafetier à cette présence grondante.

«Vous restez encore longtemps parmi nous ?» avait demandé celui-ci pour demander, ébaucher un semblant de parlotte.

Charles-André avait hoché la tête, « quelques jours, pas plus », parut-il répondre.

La nuit s'approchait. Bientôt au fin fond de la villa Rose, il rechercherait en vain le sommeil. C'était son enfance, la criminelle? S'il n'avait pas déjà vécu, lors de ses douze ans, une nuit sidérante en tout point analogue à celle d'il y a à peine quinze jours, il n'aurait pas descendu au matin comme un fou la rue Marzelle, après avoir finalement laissé sa clef rouillée, cette obstinée qui, faisant fi de sa hâte enfantine, s'entêtait à ne pas vouloir quitter la serrure de la grille. Il n'y manquait pourtant rien à ce dîner traditionnel de la veille au soir, réunion comme tous les ans à la même époque pour une tablée familiale et comme c'est la Toussaint, ajout habituel à l'intention des chers défunts de quelques assiettes qui resteront forcément creuses tout au cours du repas, à la différence notable que ce soir-là, alors que la neige au-dehors recouvrait le parc de son linceul, on se rassembla aussi pour discuter du prix de vente de cette auguste demeure que l'une de ces chères assiettes creuses leur légua, à eux les enfants du premier mariage de M. Audapt et à lui Charles-André Bertrand petit-fils de sa seconde épouse, sa charmante grand-mère maternelle au préalable veuve d'un jeune marin disparu en mer qui prit néanmoins le temps de lui donner deux filles, sa mère et sa tante. Et ce fut sans doute pour dérider l'atmosphère, alléger cette austère bataille de chiffres que l'un des convives (mais qui? mon Dieu qui?) eut soudain l'idée de se faire servir le digestif non par l'obligeante Mme Joliette, la gardienne, la femme à tout faire de cette propriété, mais par le mannequin de la serre monté sur roulettes, à charge pour elle de remplir les godets du plateau que le bonhomme tient pour l'éternité!

Exactement la même plaisanterie d'il y a trente ans, lors du dîner qui fut suivi dans la même nuit du brusque décès de sa chère tante Marie et son réveil, à lui, Charles-André encore tout gamin dans une maison rendue encore plus déserte par la présence d'un cadavre. Sauf que cette fois ce n'était plus sa tante, mais feu la cuisinière dormant dans le même lit, la même pièce des communs que sa tante, qui glaçait ses quarante-trois ans. Mais en quoi se retrouver seul au petit matin dans une maison solitaire avec en tête une semblable hypothèse vous rend-il coupable de quoi que ce soit ? L'était-elle d'ailleurs passée de vie à trépas, cette farouche cuisinière ? Il n'avait pas osé aller s'en enquérir de trop près, sa posture lui avait suffi, couchée semble-t-il vu la pénombre (à la fois dans la chambrette et dans son esprit), couchée sur le dos, mains jointes, et nul souffle perceptible ou réponse à son multiple «madame Joliette», c'est vrai proféré à voix basse pour la prévenir de son départ !

Folie de sa part que de s'imaginer aussitôt que la même scène de terreur se reproduisait, que l'armagnac servi par le mannequin, ou que lui-même durant la nuit, une nuit chahutée, cauchemardesque, aussi montée sur roulettes, il ait pu, lui-même, il ait pu...

Des restes de nuit habitaient encore trop ses yeux pour qu'il puisse juger sainement de la situation ; prendre à témoin le couloir et les quelques marches ne suffisait pas, aussi tourna-t-il vite le dos. Et il le tourne toujours, ce dos !

Regarde-toi dans la glace, paraissait pourtant lui dire

chacun des hauts miroirs de la villa Rose. As-tu la tête d'un convict? d'un condamné à perpette? Chasse de toi ces noires idées! Tu n'es qu'un jeune professeur trop imaginatif qui traîne comme un boulet de noires idées. Cette presqu'île ne te vaut rien. Tu y rencontres trop tes premières années et une culpabilité des origines. Oublie cette terre et ses deux mers. Ta défunte tante, la responsable avec sa Bible de poche souvent à la main pour conjurer le mauvais sort. Une créature ardente rarement sortie du feu de sa foi.

Il acquiesçait. Dans son demi-sommeil, en lui-même, il acquiesçait. Hélas au réveil, à nouveau il s'interrogeait. Ce n'est quand même pas le mannequin de bois laqué qui pourrait témoigner contre lui, et de quoi d'ailleurs? Ce vilain bonhomme qu'il a toujours senti secrètement hostile à son égard a l'air, désormais de retour à sa place habituelle, de se satisfaire de tenir pour l'éternité son immuable plateau dans la serre.

Charles-André imaginait néanmoins des titres en grosses capitales dans un journal du soir: «Une femme retrouvée morte dans une maison déserte. Des examens sont en cours pour déterminer…»

Non, il délirait, rien ne s'était passé. Un peu de buée peut-être sur les vitres. Un doigt chargé de l'enquête y inscrira-t-il bientôt son nom? Après tout, il fut le dernier à avoir quitté le «château»? Et cela une police assez méthodique peut l'apprendre rien que par un simple tour de table. Or ils étaient bien une dizaine à s'exclamer entre les plats, à s'enthousiasmer des desserts.

Il se leva, prit une douche, et proprement habillé descendit à la cuisine, cette pièce plus commune convenait mieux à son âme. Au-dehors, les chiens du voisin aboyaient. Une meute lancée aux trousses de quelque idée de chien! Par la fenêtre, la bande de trembles un peu voyous semblait lui faire des signes. Mais qui prête attention aux singeries des trembles?

En réalité, il tournait en rond, montant descendant les deux étages. À chaque heure, il se demandait que faire de la suivante. Ce mardi, il décida d'aller déjeuner à Saint-Pierre, chez cette corpulente matrone qui apparemment ne lui voulait que du bien. L'image de son coquet restaurant sur le port d'Orange avec ses rideaux bleu azur le mettait déjà en gaieté. Et là, entre fourchette et couteau, plutôt fourchette que couteau, il pourrait peut-être, converti par l'innocence de sa blanche assiette, faire davantage la part du vrai et du faux dans cette troublante histoire!

À Saint-Pierre, au restaurant des Mouettes, le repas en effet fut riche et copieux, Mme Le Guilvinec, la patronne, aux petits soins pour Charles-André. Le ciel soudain radieux avait laissé ses nuages au large. Le port d'Orange balançait ses voiliers au mouillage avec tranquillité. On entendait à peine le flux et reflux des vagues. Vu le peu de clients, Mme Le Guilvinec s'était accordé un brin de conversation avec Charles-André placé tout contre la vitrine. S'il était en vacances? Qu'est-ce qu'il faisait dans la vie? S'il avait des enfants? S'il était marié? Des propos de cette sorte auxquels il répondait la bouche plus ou moins pleine. Il finit par lui avouer en confidence être plutôt du pays. Elle lui répliquant ne pas l'être tout à fait, étant native d'Étel: «Vous savez après Erdeven, sur la rivière.»

Lui, pris par un grand besoin de deviser, continuant sur sa lancée, lui expliquant avoir usé tout gamin ses culottes dans la presqu'île, qu'aucun détour de sentier ne lui était inconnu, même le plus méchant hameau où certains de ses potes sans doute devenus pêcheurs devaient peut-être toujours nicher, mais il n'avait pas encore osé aller les voir, de crainte avoua-t-il d'être déçu : «Vous savez en grandissant les gens changent! Et puis on ne sait jamais comment on sera reçu.»

Elle opinait paisible, son charmant visage de blonde qui se voulait attentif prenait de l'éclat. Sur la table, le vin assurément devenait rouge de joie dans son verre à l'idée d'être bu. Le pain se rompait facilement. Même le fond de la carafe n'était pas ténébreux. Un moment de bonheur pour Charles-André qui voyait de plus en plus clair en lui-même. L'ombre (ses mille hypothèses enfin domestiquées) avait retrouvé sa servilité habituelle, épousant le moindre de ses gestes, suite à ce brusque soleil de printemps qui débauchait cette fin d'automne. Charles-André respirait, la tête hors de son angoisse reléguée à jamais à Nantes, rue Marzelle. Le jour enfin lui appartenait. Et il en profitait, riant à tout bout de champ, déjà en grande intimité avec cette femme, s'avisant même à un moment de lui prendre la main pour lui singer il ne savait plus quoi à la minute suivante. Il n'avait plus quarante-trois ans, mais vingt, dix-huit. Hélas, il devait repartir, son travail de prof, les élèves, mais il reviendra, promis, il reviendra. Et elle, elle ne prend donc jamais de vacances? Il essayait de deviner sa vie, la part obscure de son être. Elle se dérobait à ses questions, en posait à son tour. Oui, il loge à Portivy, dans la villa de ses amis actuellement aux Amériques. Oui, il s'ennuie un peu, mais son docteur à Nantes lui a prescrit d'aller prendre un bon bol d'air et il le prend. «Il faut bien en passer par là», concluait-il. Passer par là, l'expression lui resta longtemps dans l'esprit bien après qu'il eut quitté le restaurant. Mais leur conciliabule dans cette salle déserte lui avait fait du bien, le sortant de ses sortilèges, de toute cette histoire qu'il s'était construite de criminel en fuite. «Wanted» affiche-t-on dans les westerns. Et son affiche à lui, c'était la presqu'île, ce bras tendu vers l'horizon désignant on ne sait quel coupable.

L'après-midi le surprit du côté de Kergroix, avec des idées d'herbe rase, entêté par la rumeur de l'océan qui ne cessait de monter à l'assaut, retardant le plus qu'il pouvait le moment de retourner à la villa Rose. Il aurait bien eu besoin que Jean-Marc fasse à nouveau danser ses instants, que Solange si érudite lui recommande, comme elle le fait tout le temps, un livre oublié, tiré de la bibliothèque de ses heures, qu'il se reprocherait aussitôt de n'avoir pas lu. Un jeu entre eux! À l'entrée du hameau, un homme se montrait qu'il crut reconnaître. Mais passons. En réalité, ce fut un peu plus tard qu'il trébucha davantage contre son enfance, en la personne de quelqu'un qui, de dos une minute, lui parut être Paul, dit Popaul, l'un des plus fabuleux jouteurs de ses premières années, lequel rajustait ses volets maltraités par le vent avant que le type ne le détrompe en se retournant pour lui jeter un regard froid.

Et cela dans un autre Ker, à Kéridanvel, ces quelques masures si familières dispersées là au hasard avec la même mousse sur les murs et une identique solitude qui s'écroule sur un semblant de place autour d'un banc de pierre. Il s'y était attardé, espérant contre toute raison que Bertine reviendrait de sa mort, la fermière qui le réchauffait d'un chaleureux café au lait le dimanche, quand sa tante, prise d'un de ses accès de piété, s'était trop assise à la sortie de la grand-messe près du tombeau vide du Christ, dont il est parlé dans les Évangiles au chapitre de la Résurrection.

Charles-André et ses neuf dix ans alors disparaissaient, préférant au sermon qu'elle n'eût pas manqué de lui tenir celui de la côte dite sauvage si habitée par la rafale. Déjà, il lui fallait le bruit du monde. Même aujourd'hui un silence qui se prolonge creuse en lui trop d'attentes. Il écoute alors, ne peut s'empêcher d'écouter, mais quoi? Dieu seul sait quoi! Une minute, davantage, le voilà pourtant comme suspendu entre ciel et terre, sur la pointe des pieds avant que ses talons ne retombent et ne retrouvent justement avec le sol les incohérences de l'heure, celle par exemple d'aujourd'hui qui l'immobilisait au cœur battant de ce village. Le père « Un tel », son nom lui brûlait les lèvres, allait-il à nouveau, faisant fi lui aussi de sa mort, apparaître à une porte vissé sous son éternelle casquette de cuir?

Ce fut une lettre, une vraiment tombée de la lune, qui suscita en lui de nouvelles alarmes. Il commençait pourtant à s'endormir comme on s'endort, se réveiller comme on s'éveille, quand cette lettre ! Qui pouvait bien lui écrire à la villa Rose et à son nom encore ? Il sortait juste au matin pour prendre l'air sans trop savoir comment il allait remplir ses heures. Le soleil s'en donnait à cœur joie dans un ciel immensément bleu au-dessus de vaguelettes qui n'aspiraient qu'à venir vous lécher les pieds, quand il s'inquiéta soudain de cette enveloppe déposée par le facteur dans la boîte au portail du jardin, une petite de couleur grège timbrée heureusement en Virginie. C'était Solange qui lui écrivait. Comment avait-elle su ? Jean-Marc avait jugé bon d'ajouter en bas de page quelques mots affectueux plutôt dansés qu'écrits. Elle, pressentant sa surprise, lui expliquant qu'ayant téléphoné à leur homme à tout faire pour lui annoncer leur retour vers la fin novembre et le prier de remettre la maison en état celui-ci leur avait donc appris...

Et ils s'en félicitaient. Grâce à Charles-André la villa Rose aura moins souffert de leur absence, minaudait-elle, heureuse qu'il ait enfin répondu favorablement à leurs pressantes invitations de l'été, mais surtout, précisait Solange sachant sa distraction perpétuelle, qu'il pense bien à glisser la clef dans la même souche de tremble lors de son départ.

Elle se demandait en outre, sans doute à haute voix (mais la haute voix ne s'écrit pas), s'il avait bien déniché les draps dans l'armoire de leur chambre et s'inquiétait de savoir s'il ne frissonnait pas trop, auquel cas ce bon M. Touveau pouvait éventuellement lui rallumer le chauffage ou à défaut, les couvertures ne manquant pas, qu'il en dépouille tous les lits de la maisonnée avant de les accumuler sur le sien. La lettre fourmillait d'indications ménagères de cette sorte, quand un détail apparemment anodin raviva l'anxiété de Charles-André. Un détail que Jean-Marc, malgré tout son talent, n'aurait pas su choré-graphier, car Solange, qui parfois sentait Charles-André si perdu («Tu as trop de parenthèses en toi», lui reprochait-elle souvent), avait jugé bon d'ajouter en post-scriptum: «Si tu veux te réchauffer l'âme, tu as le placard de la cuisine et sa bouteille d'armagnac sous l'évier!»

L'armagnac? Le mot déjà lui agrandissait les yeux. L'évocation de cette sauvage liqueur allait-elle agir à la façon d'une loupe lui restituant le milliard d'incidents de cette funeste soirée? Car ils avaient à la fin du dîner préparé si diligemment par Mme Joliette qui sait admira-blement présider aux destinées d'une cuisson, ils avaient en effet tous dégusté de ce breuvage des dieux dans de sobres petits verres à pied servis sur un plateau par cet énergumène en bois peint.

« Un crime à l'armagnac », proféra-t-il sourdement.

Et le voilà repris par son fantasme marchant sur le quai la tête ailleurs, contraint même pour retrouver ses esprits d'aller s'asseoir sur un banc face à la mer. L'heure aussi a ses flux et reflux, et il était manifestement marée basse, avec tous ces menus faits qui jonchaient la plage de son être. Se peut-il que les mêmes événements se reproduisent? Qu'à quarante et plus on puisse revivre et dans le détail une soirée de ses douze ans? Qu'en dirait le baron Louis? se permit-il même de penser, afin de changer son angoisse en plaisanterie. Mais il n'ira pas cette fois déguster un thé au bar de la Jetée, le patron à la longue le fatiguait avec son silence lourd à porter.

Sa nuit avait été bonne, les ombres moins bavardes qu'à l'ordinaire, sauf qu'à un moment il crut entendre quelqu'un qui respirait fort dans l'escalier, mais c'était sans doute quelqu'un dans le haut de sa tête plutôt que dans les hauts de la maison.

Il se tenait vraiment à l'ancre sur cette côte, alarmé par la sauvage, apaisé par les plages sur baie, plongeant avec cette presqu'île, peut-être sans doute de façon excessive, dans l'inextricable de lui-même. Mériterait-il d'être débarqué sur l'îlot Théviec, terre écumeuse qu'il apercevait basse sur l'eau depuis son banc et dont on le menaçait enfant quand il avait par trop déréglé ses relations avec son entourage? « Les lapins y ont les yeux rouges et grignoteraient jusqu'à votre ombre », jurait en riant sa fantasque tante. Et comme la sienne, d'ombre, était de taille !

Dans le journal toujours nulle allusion, et à la radio qu'il écoute dans la cuisine on parlait bien de la disparition d'une femme, mais c'était en voiture qu'elle avait cessé de se signaler vivante. Un coup de volant brusque peut-être et un chemin de traverse inattendu, mais qui traverse quoi ? Somme toute, il suffirait qu'il ouvre à son retour à Nantes cette satanée grille de la rue Marzelle, et s'étonne, en présence de témoins, de cette créature inerte gisant dans son lit pour se trouver déchargé de toute responsabilité ! Après tout, Mme Joliette, outre ses qualités de cuisinière, était la gardienne de cette demeure ancestrale, certes en compagnie du mannequin de la serre toujours debout avec son maléfique plateau fleurant peut-être encore l'armagnac. Qui sait si en analysant cette odeur on n'y surprendrait pas les raisons de ce subit décès ?

Et s'il téléphonait ? Oui mais, si la folle hypothèse de ses douze ans dont il ne parvenait pas à se débarrasser était la bonne (comme quoi sa tante cette nuit d'il y a plus d'une trentaine d'années aurait passé l'arme à gauche d'une façon disons sujette à caution, et il y a une quinzaine de jours, et dans les mêmes conditions, la cuisinière), il devenait le principal suspect puisque, en dehors de la présumée victime, il était le seul des convives de ce repas familial a avoir dormi la nuit au « château », si on peut appeler dormir cette nuit de tressaillements furtifs, de plaintes dans les cloisons qui caractérisent la vétusté de cet étage des communs, on le recherchait donc et téléphoner aurait alors indiqué aussitôt à une police un tant soit peu perspicace où il se trouvait.

D'ailleurs, pourra-t-il jamais retourner à Nantes ? Un possible criminel n'a pas d'adresse. Et si tout avait été fait pour qu'il en devienne un, que les soupçons retombent sur lui ? Il égrenait les noms des participants à ce dîner annuel, tous ces cousins, cousines. Et il voyait mal Lisbeth agir ainsi avec un couteau caché sous la nappe, encore moins le naïf Guillaume qui vit à l'embouchure de la Loire, à Saint-Nazaire, ni Laurence, sa sœur irréelle, jamais revenue de ses songes. Quant à Maryvonne, c'est l'innocence même, ses yeux franchement bleus le disent assez, ou Sophie ou Renée trop encombrées d'elles-mêmes pour penser à quelque chose d'autre. Bien sûr, il y a le laconique Alfred, l'époux de la belle Nana, retraité de la poste toujours entre deux lettres, ou le jaloux Joseph, aux mains incertaines, sans oublier Charles à qui il manque un André pour croire à des bêtises pareilles. Un vrai cauchemar que cette idée d'une morte laissée à l'abandon dans une maison vide.

Il se leva. Malgré ce soleil éclatant, il se ressentait à l'ombre, pourtant à part la sienne aucune ne traînait sur le chemin.

La presqu'île aurait environ treize kilomètres de long, treize kilomètres de perplexités pour Charles-André. Son enfance la responsable, une quasi-criminelle qui, depuis la mort incertaine de sa tante, ajouta un liséré noir à nombre de ses propres faits et gestes. Comment s'en débarrasser ? Il n'allait tout de même pas croire, à quarante-trois ans bien sonnés, qu'un mannequin en bois exotique déguisé en serveur à plateau avait pu commettre ou se rendre complice d'un pareil forfait ? Si forfait il y eut ? Mais qui donc alors parmi la tablée familiale réunie chaque année à l'entrée de l'automne dans le grand salon de cette austère demeure aurait pu, si l'on épouse sa fallacieuse hypothèse, avoir la cervelle assez renversée pour songer à utiliser ce mannequin dans des intentions peu louables ? Qui donc d'ailleurs avait eu l'idée d'aller chercher dans la serre ce serveur monté sur roulettes pour offrir de l'armagnac à chaque convive en insistant pour que Mme Joliette la cuisinière se joigne à eux et pour une fois accepte, elle qui sert, d'être à son tour servie ?

Il avait beau en pensée scruter tous les visages, y compris celui parfaitement raboté dudit mannequin, il n'arrivait pas à se défaire de cette folle hypothèse bien digne des communs si peu éclairés par le soleil. Mais à ses yeux, c'était la répétition à des années d'intervalle de la même plaisanterie qui rendait suspecte son issue, ce décès subit dans la nuit de deux femmes, et qu'il se soit retrouvé par le hasard, les circonstances, d'abord à douze ans, puis à quarante et plus, provisoirement seul gardien de leurs dépouilles.

N'empêche, n'importe qui mis dans le secret d'une telle confidence lui aurait ri au nez, s'étonnant même que quelqu'un d'aspect aussi sensé qu'un jeune professeur, profession éminemment raisonnable, puisse devenir le jouet de pareilles vétilles, au point de s'enfuir de Nantes comme un coupable! de s'imaginer même depuis entendre au moment de se coucher, et à s'en rouiller les oreilles, le bruit de la grille qui peine à se refermer sur la rue Marzelle! Mais comme l'écrivait le philosophe du siècle dernier dans son vieux bouquin inénarrable feuilleté en large et en travers l'autre jour à l'étage de la villa Rose, chacun d'entre nous serait à la fois du dedans et du dehors, l'homme du dehors répondant aux salutations, vivant une vie tout extérieure, explicite tandis que le second... Et comme de toute façon il a toujours été celui-ci plutôt que celui-là, comment n'aurait-il pas songé, afin de retrouver un semblant de quiétude, récupérer l'équilibre de sa ligne d'horizon, comment n'aurait-il pas songé à cette fumante presqu'île, vrai totem de son enfance, qui s'étale entre un murmure, pas une vague plus haute que l'autre côté baie, et une vocifération océanique permanente à l'opposé dont il a parfois encore l'écume aux lèvres. Ses premières années y courent, rien ne s'est passé, il n'a pas encore douze ans, sa tante est vivante, l'abbé Messager flirte entre les pages de son missel, bien sûr, il y a toujours ce satané grillage qui accroche tous leurs mots, les retient en prison.

Il chercha son souffle. Où se trouve-t-il l'escalier assez dérobé pour lui dérober toutes ses marches qui le redescendent trop vers ses ombres? Une subitement se planta devant lui. Oui, il marchait philosophiquement à Quiberon, le long du remblai, quand un type plus large que haut:

«Ça alors!» crut-il entendre.

C'était, mais oui c'était vraiment Maurice avec qui tout gamin il s'amusait à tomber du haut des arbres en se retenant de branche en branche, en compagnie duquel il fuyait l'apostrophe violente de M. Huan, le garde champêtre qui déjà les accusait de tous les maux du monde, d'avoir volé de l'air à l'air ou exténué un bout de jardin.

«Qu'est-ce que tu fous là?»

Vingt ans qu'ils ne s'étaient pas vus! Ils se congratulèrent, s'expliquèrent, marchèrent du même pas jusqu'à la statue de Hoche, là où fleurit un square.

«Je m'en vais demain, mentit Charles-André.

— Oui Untel est mort, expirait l'autre en un soupir, énumérant un à un les noms heureusement encore vivants des autres membres de leur joyeuse bande. C'était nos meilleures années, conclut Maurice, que ces années en culottes courtes!»

Oui, il a repris le garage de son père à Saint-Pierre. Il travaille beaucoup avec les touristes.

«Si par hasard tu as des problèmes avec ta voiture...»

Charles-André avoua n'en avoir jamais possédé une et être venu tout simplement en taxi depuis Auray.

«Ah bon!» prononça l'autre un peu déçu.

Un mauvais soleil éclairait leur propos et l'on entendait la mer vagir contre la plage. Ils se quittèrent bientôt, n'ayant manifestement plus assez de mots en commun pour pouvoir encore se parler, se promettant néanmoins mille promesses, en particulier de se revoir par exemple l'été prochain, durant les grandes vacances, avait même proposé Charles-André.

«Ainsi tu vis à Nantes?

— Si on peut appeler cela vivre», avait prononcé énigmatique le jeune professeur Charles-André Bertrand de l'enseignement secondaire en serrant chaleureusement la main de son ancien copain en guise d'adieu.

Son pas sonnait plus large à Quiberon. Il décida, enfin il résolut, avant de changer d'avis à la minute suivante, c'est-à-dire ne plus résoudre ni décider. Le passé lui revenait trop par toutes les rues. En prêtant bien l'oreille, une vite écornée par le souvenir, il aurait presque pu encore ouïr ses dix ans courir après ses onze, et ceux-ci à la traque de ses douze, âge où ses grands-parents paternels devenus dans leurs dernières années gardiens de la rue Marzelle s'occuperont de lui dans l'austère demeure ancestrale jusqu'à sa majorité suite au brusque décès de sa jolie tante Marie :

« Je suis ton Jésus, lui clamait-il souvent pour l'agacer, puisque je suis ton fils sans l'être et que tu t'appelles Marie comme la mère de Jésus. »

Elle lui assénait un coup de Bible pour le sacrilège, cette Bible format réduit qu'elle sortait à tout moment de sa grande poche de tablier, avant de rire de toutes ses dents qu'elle avait magnifiques à lire dans sa bouche expressive.

« Et Joseph, c'est l'abbé Messager », poursuivait son diable de neveu, car le malheureux prêtre à la retraite se prénommait en effet Joseph d'après sa boîte aux lettres.

Autre coup de Bible et nouvelles cascades de rire autour de la table de la cuisine où, à la froide saison, les rares fois où Noël les trouvait en vacances dans la presqu'île, elle entretenait dans la cheminée un feu forcément d'enfer. Elle était charmante tante Marie avec toutes ces Galilée qu'elle lui débitait, décrivait sans cesse, que le Christ à son âge avait même été capable de modeler des oiseaux dans la glaise avant de les faire s'envoler tout emplumés dans le ciel pieux du lac de Tibériade.

« Doux Jésus », le nom lui remontait aux lèvres dès que le beau temps égarait les fenêtres de leur chalet dans des bleus outranciers de Judée.

Charles-André s'en amusait toujours. Une brune encore jeune, bien plantée sur terre, que sa tante, se permit-il encore de murmurer en passant devant l'église de Quiberon. Un peu avant la gare, son ex-école de l'autre côté de la rue. Et s'il repartait ? Le mensonge à l'ami Maurice était peut-être sa vérité ? Le trousseau de la villa Rose à nouveau bien au chaud dans sa souche, et puis Nantes, son trois-pièces près de Sainte-Croix. Le beffroi du Bouffay le protégerait peut-être mieux de ses angoisses, l'animation de la ville les diluant à perte de vue dans la circulation générale autour de la place du Commerce, qui sait ? Car ici, il entendait trop la clef de sa prétendue culpabilité tourner dans sa serrure. Le silence de Portivy que troublait seulement le tam-tam de l'océan ne le soulageait plus guère. Il réfléchissait, oh mon Dieu oui il réfléchissait.

Le jour tombait, il tombait aussi en lui, rentrant à la villa Rose un pas devant l'autre par des chemins détournés, étourdi d'hypothèses diverses, quand soudain, sitôt passé le passage à niveau de Saint-Julien, une idée lui vint !

Pourquoi n'y avoir pas pensé plus tôt? Il se le reprochait sur le point d'entrer à Beg Rohu, un hameau pimpant accoté à un fort à moitié enterré où se passa un jour un drame qui ne fait pas partie de son histoire présente. Oui pourquoi? Pourtant cela tombait sous le sens! Mais de sens parfois, il en manque tellement avec cette myriade d'élucubrations, d'hypothèses justement à la manque qui ne le mènent vraiment nulle part! Dieu sait qu'on lui en fit souvent la remarque! Et pourtant le prétexte était d'une rare simplicité. Il fallait vraiment, pour ne pas y avoir songé plus tôt, qu'il ait eu tous ces jours-ci l'esprit ailleurs, cet ailleurs dont il arpente trop les grèves, constate-t-on souvent autour de lui, avec d'autres mots bien sûr que ceux-là!

Il envisagea donc sitôt son retour à Portivy d'aller acheter une carte postale chez le baron Louis et de l'adresser illico à l'un ou l'une des convives de leur légendaire dîner (qui voit la famille affamée d'on ne sait trop quoi s'assembler à chaque fête de la Toussaint autour d'une table, en l'occurrence la magistrale du salon d'apparat, pour s'échanger des nouvelles de l'année déjà presque passée), de prier en quelque sorte celui ou celle d'entre eux qui crèche le plus près de la rue Marzelle de s'y rendre, car, où avait-il la tête le jour de ce départ pourtant pas si matutinal de la dernière quinzaine pour oublier à ce point ses papiers, en particulier ceux d'identité qui nous disent qui nous sommes, et surtout sa carte bleue négligemment posée sans doute sur l'une des commodes semble-t-il de sa chambre, celle des communs qui ouvre sur la serre ? Non qu'il craigne qu'une main d'air ne s'en soit saisie dans cette demeure déserte et où de surcroît veille depuis la mort de ses grands-parents Mme Joliette à qui il avait d'ailleurs sans succès maintes fois téléphoné. Aussi si l'un de ses cousins, cousines, disons celui ou celle qui habite au plus près, répétait-il, avait l'obligeance de se déplacer, il ne tarderait pas dès son retour à Nantes de venir récupérer tout son bien chez cette âme charitable. C'est-à-dire en réalité à Chantenay, le faubourg le plus proche, car c'est là en effet que niche, chemin des Fontenies, la personne la plus voisine de son étourderie, cette Laurence assez belle où s'arrêta son choix, une haute en jambes et en soupçons qui ne croit jamais que le tiers du quart de ce qu'on lui avance dans sa maisonnette enturbannée d'un jardin auquel elle consacre l'essentiel de ses heures ! Aussi, elle si méfiante que le moindre bruit fait se retourner ne pourra jamais passer à côté du présumable cadavre sans l'apercevoir, si cadavre il y a ? Quant à ses propres papiers introuvables forcément rue Marzelle, il pourra toujours à son retour s'excuser auprès d'elle et rouge de confusion et avec un bouquet de fleurs lui avouer les avoir, depuis l'envoi de sa carte, dénichés à sa grande honte au fond rarement fouillé de sa sacoche. Et comme il se révèle aux yeux de tous, y compris de cette méfiante Laurence, pétri de distractions, de rêveries en tout genre, cela passera comme une lettre à la poste, apportée par Alfred, le retraité de ladite administration, osa-t-il même se murmurer afin de tourner en plaisanterie son sentiment de culpabilité hérité de cette nuit funeste de son enfance, et cela tout en marchant vers l'abattoir de Saint-Pierre changé aujourd'hui en école de voile.

Car, contre tout bon sens, il ne pouvait se défaire de cette idée puérile que le mannequin, ce sournois de bois laqué, trempait d'une façon ou d'une autre dans cette ténébreuse affaire, et que cette fois ce n'était plus un jeu de gamin suggéré à la bruyante tablée par ses propres douze ans, mais qu'il s'agissait d'un truc autrement plus sérieux, qu'une goutte maléfique (grain d'obscurité emprunté à cette subite panne d'électricité) avait peut-être été ajoutée en douce au verre d'armagnac offert à la cuisinière, mais par qui ? Et pourquoi ?

N'avait-elle pas déclaré ce soir-là avec un hoquet, elle si peu accoutumée aux liqueurs, que celle-ci lui emportait la gorge, au point d'en esquisser une grimace, la même qu'il lui sembla reconnaître, identifier le lendemain matin sur son visage depuis la porte de la chambre qu'il avait, après l'avoir longuement toquée, fini comme on sait par oser entrebâiller pour lui signifier qu'il partait, s'étonnant à part lui que cette femme d'ordinaire première levée et si alerte soit encore au lit et dans l'exacte position de sa défunte tante, trente ans plus tôt, la nuit de son décès où il la surprit sur le dos mains jointes! La cuisinière dormait-elle, elle aussi, du même sommeil éternel? Épouvanté, il n'avait pas voulu alors davantage s'en assurer, fuyant sans demander son reste (reste que sans doute le noir mannequin ne lui aurait pas accordé), disparaissant (ses douze ans empaquetés dans ses quarante), tout en désordre jusqu'à la grille, la clef qui tourne mal dans sa serrure brouillée, et qu'il finit par abandonner à son sort, la rue, Nantes aux approches de huit heures et la presqu'île au soir où l'enthousiasme de l'océan qui parle à tort et à travers malgré tout le rassura tout de même un peu! lui fit retrouver, disons, un semblant de calme, vague après vague.

Et depuis? Le soir à la villa Rose il ne parvient pas à s'empêcher de se claquemurer avant l'heure, fermant les fenêtres, rabattant les volets, afin qu'aucune sorte d'extravagance ne puisse depuis le jardin (toujours un peu fou au crépuscule, en particulier à cause des trembles, ces agitateurs d'inquiétude), ne puisse de nouveau entrer, s'infiltrer jusqu'à son âme qu'il met vite au lit, dormant d'un sommeil paisible jusqu'au lendemain matin qu'il réveille d'un café noir, noir, bu stoïque debout dans la cuisine, la pièce la plus sensée de la villa, avant de se diriger aujourd'hui d'un pas décidément bien réveillé chez le baron Louis plus lyrique que d'habitude, une bonne pêche en était la cause, le cafetier ayant pu au petit jour, et pour une fois débarrassé de ses clients, capturer l'innommable au bout de la jetée, un innommable tout ruisselant qu'il étala avec complaisance sur son comptoir.

« Qu'est-ce que c'est comme poisson ? » demanda Charles-André.

L'autre l'ignorait et comptait bien l'apprendre du premier homme du large qui viendrait, filet remisé et bateau à l'ancre, se ragaillardir après une nuit passée en mer d'un bon petit coup de quelque chose.

« Vous savez de nos jours avec la pollution, on trouve de tout dans l'océan, les espèces dégénèrent », se contenta-t-il donc de répondre, mais, à l'évidence, satisfait malgré tout de l'énormité gluante de sa prise.

« On dirait une manière de raie, se dégoûtait Charles-André tournant noblement sa cuiller dans sa tasse de thé.

— Ce que je sais, c'est que c'est un truc qui vit au fond, c'est ça, au fond ! Pas bon signe paraît-il quand il remonte à la surface, signe de tempête. Ça a de plus un nom que j'ai su ! Mais en ce moment j'oublie tout, par exemple de vous rendre votre monnaie. »

Le baron Louis sourit.

« Celui-là va peut-être nous le dire ! »

Il désignait le robuste pêcheur qui venait de repousser la porte.

À circuler dans les rues de Saint-Pierre, Charles-André repensait aux simagrées du garde champêtre, à ses foucades, ses brusqueries, tout juste s'il n'eût pas entendu M. Huan sous son képi bucolique déraper derrière lui, faute à la bourgade qui, elle, n'avait pas grandi, toujours celle de ses culottes courtes, à l'écho encore en enfance dont les voix lui revenaient, là habitait le fils du docteur, plutôt le beau-fils, un certain ? Voilà qu'il avait oublié ses nom et prénom, la presqu'île lui rajeunissait l'âme. Après tout, rien n'avait encore eu lieu, Mme Joliette vivait encore, à l'époque encore toute jeunette, pas de quoi s'affoler, se persuadait-il devant le port d'Orange. Il n'avait commis comme crime que dormir une nuit dans une maison à côté d'une femme passée de vie à trépas sans qu'il le sût, se confirmait-il devant la mairie. Le cauchemar de l'étang n'était donc pas le sien, se réjouissait-il auprès de la poste, ni l'infini des couloirs de cette haute baraque familiale qui se tortillent depuis le XIXᵉ siècle dans leur solitude, paraissait lui répondre tout souriant le charcutier épuisant une cigarette sur le seuil de sa charcuterie.

Il commençait à marcher d'un bon pas, l'âme un peu plus soulevée. Certes il neigeait la première fois, lors de la mort de sa tante, mais pourquoi neige-t-il toujours en lui chaque fois qu'il repousse la grille du «château»? Il n'y était pourtant pour rien dans ce décès, alors pourquoi les allées du parc rue Marzelle s'allongent-elles depuis si morbides à sa rencontre? Et ce mur d'enceinte sur le boulevard qui s'effrite tant sous ses coudes? Les choses de cette propriété si légendaire dans la famille veulent-elles le punir, à l'image de ce mannequin dans la serre qui lui renvoie un œil complice et pourtant sans regard?

De même à Portivy, ces trembles de la villa où il couche à des lieues et des lieues de Nantes qui pourtant s'agitent plus qu'il n'est convenable à des arbres quand il les frôle. Sauraient-ils quelque chose de ses nuits, à défaut de ses jours?

Mais non, a-t-il envie alors de les interpeller et sous leur nom latin *Populus tremula* pour donner plus de solennité à son apostrophe: «Vous vous trompez des racines à la cime, Charles-André Bertrand qui vous parle n'est que professeur de lettres, il n'a rien commis d'irréparable la veille de ses vacances, dans quelques jours, il écrira à nouveau à la craie sur un sage tableau devant sa classe ébaubie, aucune raison de prétendre lui infliger une retenue, de vouloir le mettre en prison!»

Si seulement, se disait-il en dépassant l'ultime maison de Saint-Pierre de façon plus allègre, il avait pu se débarrasser une bonne fois de ses ténèbres intérieures comme on secoue un vieux manteau tout empoussiéré. Vivre enfin en accord avec lui-même, avec ce beau ciel bleu, cette route vers Portivy qui dévale! Car en quoi d'avoir toute une nuit voisiné une morte le rendrait-il suspect aux yeux de la loi? À moins que celle-ci ne considère comme une preuve de possible culpabilité qu'il se soit enfui au matin comme un éperdu? La clef laissée dans la serrure de la grille lui rouillait en effet encore les mains, et sur ses épaules, à certains moments, il ressentait malgré l'éloignement presque comme une charge, celle de l'ombre de l'austère demeure ancestrale. Heureusement que ses cousins cousines et lui-même allaient bientôt prochainement vendre le «château» érigé en 1899 et en bons héritiers se partager le magot!

Il se retourna. Non, ce n'était en aucune façon M. Huan qui, aujourd'hui décédé, ne doit mettre des contraventions qu'aux gens de l'au-delà, mais un homme peut-être de son espèce aux souliers aussi terriblement ferrés, d'où dans son dos cet angoissant bruit de pas, lequel s'estompa bientôt sur la gauche. L'image en effet du garde champêtre ne quittait pas Charles-André, enfin André plutôt que Charles qui lui se souhaitait une humeur plus paisible. Toutes les «ogreries» comme il appelait ces fureurs du presque gendarme, autrefois toujours à leur poursuite, lui revenaient en mémoire, un bonhomme alors si à l'affût de leurs moindres faits et gestes à lui et à ses potes. Tout juste s'il ne l'entendait pas encore gronder, grommeler des choses comme: «Que fabriquent donc ces garnements dans ce fond de ruelle? Et ces villas en bordure de plage désertées l'hiver qui conservent encore l'odeur de leur présence. Et cette porte qu'ils oublièrent de refermer sans doute dans leur fol sauve-qui-peut. Personne ne me fera croire qu'elle bat sous l'emprise du vent!» À l'entendre, un chemin se retrouvait dévoyé si l'on y avait couru, l'air, un temps irrespirable au carrefour si on l'avait respiré. Entre son vélo et eux, une éternelle partie de cache-cache. Même à la sortie de la grand-messe le dimanche, il flairait l'illicite de les apercevoir statufiés en saintes images. Que tante Marie dont il appréciait pourtant la gracieuseté tienne son chenapan de neveu par la main ne changeait rien à l'affaire. Il savait cette main capable de tout, avide de poires, de pommes, de fruits de toute sorte dont elle délestait, quand la saison s'y prêtait, maints jardins de cette localité qu'il ne tenait que trop sous sa surveillance! «Monsieur Huan!» se mit à gueuler sans raison Charles-André comme il atteignait Portivy, le baron Louis se délectant d'une manière de cigare à la porte de son café-tabac. La mer dansait fort.

«Faute à la bête!» s'écria le cafetier.

La bête? s'interrogeait Charles-André qui avait oublié l'infâme chose gluante retirée ce matin des bas-fonds.

«Ah oui, la raie?

— C'est pas une raie, c'est...»

Le vent mangea le mot, Charles-André avant de s'éloigner le long du quai esquissa un sourire poli. En quoi ce poisson des profondeurs qui, dès qu'il remonte en surface, annoncerait la tempête le concernait-il? Et pourtant? Des bribes des propos du matin lui revenaient dans les oreilles. Au loin, le fort de Penthièvre, les nuages, l'écume, le roman du flux et reflux, la pluie qui menace et lui, Charles-André, las de sa journée, qui se presse d'entrouvrir le lourd portail de la villa Rose, lequel résiste, résiste.

Des heures qui durent des siècles, un jour qui contient d'autres ombres, pas seulement celle qu'on traîne obligatoirement par les chemins. Devenait-il à son insu, à coller ainsi si souvent son visage contre les vitres, l'analogue du mannequin dans sa serre avec une cervelle à son tour presque de bois à force d'être taraudée d'une seule idée : est-elle ou n'est-elle pas ? Jusqu'à la bande de trembles fatiguant le jardin de son éternel chahut qui paraissait se moquer de sa perplexité interrogative.

Après une nuit assez morose, un petit déjeuner du même acabit malgré la jovialité de la cuisine, Charles-André décida soudain d'aller en conter de belles à la jolie patronne du troquet des Mouettes à Saint-Pierre. Ses baies vitrées réfléchissent le port et quelque chose en plus qu'il n'arrivait pas à démêler. À deux, peut-être qu'ils y parviendraient ? Ou alors choisir de rentrer plus tôt à Nantes, d'abandonner son enfance à la bourrasque, dans cette presqu'île qui sait si bien nager ? Je suis trop « côte sauvage », se lamentait-il. À son âge, s'enfermer dans une villa sur la foi d'hypothèses fallacieuses, sa défunte tante Marie en serait tombée de tout son haut! Se vivre comme un coupable, alors qu'il reste aussi innocent que cette pluie qui tombe sans rien savoir de ses gouttes. Elle en eût férocement épluché sa Bible pour apaiser son cher neveu! La meilleure à Saint-Pierre pour démêler le vrai du faux dans son chalet proche en idée du lac de Tibériade.

Assis dans un fauteuil du salon, il se repassait encore une fois le film de cette calamiteuse soirée. Mais qui donc parmi ses cousins cousines si joyeusement attablés avait pu suggérer en manière de plaisanterie? Pas lui cette fois-ci et encore moins Alfred, le retraité des postes, trop retraité de tout, Charles alors, le laconique Charles qui n'a pas d'André dans son prénom pour l'aider à prendre conscience de lui-même? Ou Nana? Il revoyait bien le mannequin bras tendu. Mais qui l'avait amené là, debout avec son plateau au milieu des convives? Quand même pas la belle Laurence? À Chantenay, elle avait dû recevoir sa carte postale? Si ça se trouve, elle sait déjà ce que lui ne sait toujours pas? Lui téléphoner, lui demander «as-tu été?». Mais il n'a pas son numéro, et puis... Il se répétait à lui-même: Et puis... L'infini des points de suspension, et lui sans doute le dernier point de cette ponctuation évasive.

Une présence féminine lui manquait. Diane, son ex-compagne qui mêla si longuement ses mains aux siennes, remariée à un certain Marchand vivrait à Saint-Nazaire. Comment avait-elle pu à Nantes, dans leur coquet trois-pièces de Sainte-Croix, dut-elle se dire en refermant une dernière fois la porte, comment avait-elle pu durant de si nombreuses années accompagner un homme si fantôme de lui-même ? Elle lui reprochait tellement de n'être jamais là, de se tenir à ses côtés avec des yeux d'ailleurs, d'un ailleurs dont elle ne savait rien et lui non plus d'ailleurs, et dont il surgissait en s'excusant. Ils s'étaient cependant quittés en bonne intelligence. Elle l'avait même furtivement embrassé. Il sentait encore son baiser resté inachevé sur la joue droite. Diane (une belle blonde travaillant à la Sécurité sociale avant d'entrer dans l'enseignement) qui, mise au courant de cette foutue histoire, en aurait à ce point haussé les épaules qu'il en rougissait déjà, s'imaginant l'entendre, avec son grand bon sens et ses phrases définitives : qu'on puisse s'embrouiller l'esprit à ce point, «se monter le bourrichon» de cette façon dépassait l'entendement ! Elle n'aurait pas dit cela, mais c'est tout comme...

«À ton âge», elle se fût même à coup sûr esclaffée, insensible à sa description infinie du désordre des plats et des paroles de ce crépusculaire dîner, de cette soudaine panne d'électricité qui rend tout tâtonnant, met du noir entre sa fourchette et son couteau. «Encore une de tes imaginations à la manque ! elle aurait encore juré. Mais où vis-tu ?»

C'est vrai, où vivait-il avec ses trois prénoms qui peinent déjà à former un nom ? Charles-André Bertrand figurait-il encore à l'état civil de ses nuits ? Ne devenait-il pas plutôt, à l'instar de l'informe poisson du baron Louis, cet être anonyme des bas-fonds qui le matin, à chaque réveil, remonte angoissé à la surface du jour pour l'inonder, le bouleverser de ses propres tempêtes ? Il ressentait tellement en lui du flux et du reflux, un mouvement presque hallucinatoire qui le retirait pour aussitôt le ramener sur la plage de sa fatale obsession. Allait-il y rester encore longtemps ensablé ? Le mieux ne serait-il pas de faire fi de toutes ces bêtises et d'aller sonner rue Marzelle et voir enfin qui viendrait lui ouvrir, Mme Joliette ou pas Mme Joliette !

Chaque fois qu'il met le pied au «château», cette propriété qu'avec ses cousins cousines ils se proposent désormais de vendre et qui leur échut en héritage, eux de leur père, un certain M. Audapt, riche propriétaire que Julie Marie Gillieult sa propre grand-mère maternelle, alors veuve d'un jeune matelot disparu en mer, épousa un 21 février d'il ne savait plus quelle année d'après un vieux livret de famille endormi dans sa poussière mythologique au creux d'un tiroir rarement tiré, oui, chaque fois qu'il entre dans ce fantasmatique domaine où vécut son enfance, il s'enténèbre. Et ce ne fut pas cette nuit de neige de ses douze ans où il découvrit morte dans son lit douillet sa chère tante Marie, suite à des incartades supposées du maléfique mannequin qu'il avait eu l'idée malencontreuse d'inviter à la tablée familiale, qui arrangea au mieux les choses. Et cet étang dans le parc mal entretenu qui le réfléchit dans la rancune trop mêlée à sa vase et ces allées sournoises qui vous mènent sans qu'on n'y prenne garde vers des bosquets où jusqu'à l'âme on se déchire !

Il soupira, se leva, soupira en se levant.

En définitive, Charles-André changeant d'avis n'alla pas à Saint-Pierre. Plus envie de revoir encore une fois l'ex-chalet de tante Marie sans elle à ses fenêtres, ou aux siennes Angèle sa copine aux rideaux bleus épais derrière l'église dont les cloches lui rappelaient si cruellement les messes d'antan quand, habillé en dimanche, il s'attardait avec de nombreux fidèles sur son parvis.

«Plus rien à secouer», se dit-il assez vulgairement avec l'ambition de laisser ses supputations délétères à la cave, de les enfermer même à double tour parmi les noirceurs souterraines de la villa Rose pour enfin vivre plus léger dans les étages. Ses amis dans une deuxième lettre plus elliptique annonçaient leur retour des États-Unis. Bientôt, il allait remettre la clef dans sa souche et dire adieu à Portivy, au baron Louis, ce mauvais élève de l'océan, et repartir à Nantes. Le lycée l'espérait lundi et nous approchions du vendredi. Que risquait-il à reprendre son travail de prof? Cela avait été une folie de s'imaginer durant une semaine encore Dieu sait quoi, un

Dieu sait quoi d'ailleurs dont il avait désormais un peu honte et qu'il n'osait plus vraiment se formuler. Mais juste au moment où il décida (il décide toujours mais ses décisions – on l'a souvent dit – sont rarement suivies d'effet), où il décida tout simplement d'être heureux, un fait, des coïncidences inexplicables, comme un rire du hasard, se produisit qui le replongea selon lui à nouveau dans ses perplexités. S'amusait-on à le tirer depuis le fort de Penthièvre tout proche? La plaisanterie ordinaire du baron Louis quand la mauvaise humeur le fusille trop («les types du fort me tirent dessus»), fallait-il donc aussi qu'il se l'applique?

Charles-André en congé de lui-même rêvassait sourdement aux approches de midi au bar de la Jetée quand le taciturne cafetier, passablement marée montante ce matin-là, lui réclama soudain avec véhémence:

«Vous avez lu?»

Comment aurait-il pu? Il venait juste de s'attabler à sa place habituelle sous le vasistas de texture un peu glauque qui surveille la plage où une vague vraiment mauvaise vie écumait de rage sous un ciel houleux.

«Eh bien, lisez!»

Et de lui glisser brutalement sous le nez un exemplaire du journal local ouvert à la page des faits-divers, les faits-divers, sa passion. Et alors que Charles-André tiré de son heureuse somnolence allait à regret obtempérer, prendre confusément connaissance de l'article en question, voilà que l'autre, tout en lui servant son sempiternel porto blanc, lui jette en confidence en baissant la voix, alors qu'il n'y avait personne d'autre qu'eux-mêmes dans l'établissement, et l'éternel bruit de la mer :

«Et encore une vieille femme!» grondait-il.

C'était la conclusion assénée avec force d'un drame que sa fureur au débit trop précipité avait déjà avalé. Il n'en restait à Charles-André que quelques débris dans les oreilles : un farouche manoir dans les terres, par là (geste du bras), une vieille femme dedans aux abois.

Charles-André sourd à tout contexte alarmant fit comme s'il avait vraiment tout entendu, et même lu, en réalité d'un œil distrait, car ce n'était indéniablement pas la bonne page (la sienne, s'ornant d'une photo grand format, relatait en gros caractères le départ à la retraite d'un brigadier-chef de gendarmerie), alors que le baron Louis ne se possédant plus rinçait d'un air forcené ses verres derrière son comptoir et continuait à s'emporter contre l'espèce humaine capable d'une telle criminelle négligence, de laisser ainsi une pauvre créature... Il ne se lassait pas de le répéter : de laisser une pauvre créature...

«Quinze jours», il écumait, «quinze, vous rendez-vous compte et sans le moindre soin!»

Il en aurait presque tapé en ce moment le premier client qui aurait eu la mauvaise idée de vouloir le contredire.

«Et des fortunés encore, des gens à fric! Après avoir fait ce soir-là la nouba, bâfré comme pas un autour d'une table préparée par la bonne vieille, au revoir et merci.»

Il n'en achevait plus ses phrases.

«Comment s'appelait déjà votre poisson des bas-fonds?

Oui, la sorte de raie que vous avez pêchée hier», l'interrompit soudain Charles-André qui désirait parler d'autre chose.

Le baron Louis avait oublié. Enfin pas vraiment, concédait-il, mais le vrai nom était reparti avec le pêcheur qui l'avait apporté. En ce moment, il ne sait pas ce qu'il a, mais plus rien ne fait date en lui.

«J'oublie tout, il confesse. Ah monsieur le curé! s'exclama-t-il, vous tombez bien!»

Un ecclésiastique corpulent qui se révélera par la suite être en effet sinon le curé, du moins l'un des vicaires de Saint-Pierre, venait d'ouvrir la porte et s'accoudait jovialement au bar.

Est-ce raisonnable à son âge de s'imaginer qu'un mannequin de bois des îles ait pu empoisonner deux femmes, du moins prêter main-forte à leur assassinat? Qu'à douze ans pour la première, sa tante, il ait pu le croire, passe encore, mais à quarante pour la seconde, Mme Joliette? Était-ce l'effet sépulcral du «château» rue Marzelle? De se retrouver seul entouré de pièces déshabitées? Pourtant il apprivoisa leur solitude depuis tant d'années, et la minutie des escaliers de cette haute demeure si comptables de leurs marches, et la fuite en avant de ses couloirs jusqu'au désordre apprêté des combles, et se montrerait capable sous un tel toit d'y circuler en aveugle et de savoir à tout moment sans avoir à ouvrir les yeux où il se trouve! N'y logea-t-il pas jusqu'à sa majorité! L'est-il d'ailleurs, majeur! Si ça se trouve l'ardente cuisinière mise au parfum rirait de toutes ses dents devant ses fourneaux. Car qui prouve à Charles-André qu'elle soit décédée? Il la présuma morte à son réveil, du moins l'enfant en lui la présuma morte. Mais les hypothèses du matin pas encore dégagé de sa nuit ne sont pas celles de l'après-midi, quand le soleil discipline nos ombres, les range dans notre dos! Se serait-il enfui comme un coupable devant une créature simplement endormie? Mais la grille en grinçant lui grinçait le contraire et sa clef rouillée qui refusait qu'il parte, et toutes ces allées qui s'empressaient sournoises autour de leur funèbre étang encombré d'eau stagnante. Le fait-divers du baron Louis ressemblait au sien qui heureusement n'était pas encore divers!

«Divers», il se répétait assez morne, «Divers».

Il avait un peu conversé avec le prêtre de Saint-Pierre, un gaillard plutôt loquace qui entre deux offices avouait adorer se balader dans la presqu'île.

«Cela renforce mes oraisons», rougissait-il d'expliquer.

Du moins si ce ne sont pas exactement ses paroles, c'était l'esprit de ce qu'elles énonçaient. L'océan qui avance, qui recule, la presqu'île, ce bras de terre qui tressaille de ses assauts, le réjouissaient jusqu'à l'âme. Le prêtre encore assez jeune fleurissait d'épithètes de ce style, parlait de façon quasi biblique de cette éternelle confrontation entre l'océan et le rivage, en arrivait presque à s'excuser de l'écume éventuelle que ses mots provoquaient dans ce café désert.

«Je plaisante», reprenait-il, quand sa phrase trop mouvementée paraissait avoir un peu trop stupéfié l'interlocuteur, en l'occurrence le baron Louis qui, bouche bée derrière son bar, en omettait de lui servir son petit verre de vin de messe. Un prêtre se permettre de parler ainsi ! lisait-on sur le visage abrupt du cafetier.

Charles-André en souriait à son propre sourire, sa défunte tante si amoureuse de la sacristie n'eût pas manqué en son temps de s'étonner elle aussi d'expressions si pleines de remous de la part d'un ecclésiastique. Cette vaillante cohorte du Christ, comme elle les dénommait parfois, était porteuse de la parole de Dieu qu'elle entendait le dimanche tonner en chaire et ne devait en aucune façon s'en écarter ! Pourtant, même le vieil abbé Messager son voisin de bréviaire trouvait moyen de lui citer les Évangiles depuis la terre remuée de son jardin. Mêler les Évangélistes Luc, Marc, Matthieu ou Jean à la cueillette des fleurs de ses plates-bandes cela lui paraissait alors le comble de la piété, surtout si une averse à la Saint-Jean-Baptiste venait soudain baptiser leur duo, poétisait aussitôt Marie de nouveau bien à l'abri dans la grotte chaleureuse de sa cuisine.

Le vicaire qui approchait la quarantaine s'appelait Bonnafoux, Aimé Bonnafoux, et se montrait curieux de Charles-André. Ils engagèrent donc un vague propos alors qu'au-dehors le vent enflait la voix. La porte s'en révoltait et aussi les fenêtres que le baron Louis s'empressa aussitôt de verrouiller.

Oui, il était en vacances de la Toussaint dans ce pays de sa prime enfance. Oui, il gîtait à Portivy, dans la villa d'un de ses amis.

«Le danseur ?» s'exclama Bonnafoux qui connaissait de vue sa svelte silhouette et savait qu'il chantait aussi à la chorale de Saint-Pierre. «Il bénéficie d'une voix puissante. On l'entendrait jusqu'au port. Il faut dire que la rue est en pente», éprouva-t-il bizarrement le besoin d'ajouter.

Était-ce l'effet du petit blanc avalé à la hâte, le vicaire plutôt en verve avait convié l'entier de la presqu'île autour de son verre. Il aime beaucoup ses hameaux, tous ces Ker ceci, Ker cela, confessait-il à Charles-André, et à travers la campagne les petits murs de pierres sèches.

«Enfin sèches, quand on voit aujourd'hui ce qui tombe! Seul le granit résiste à l'océan», énonça-t-il un peu doctement. Lui qui sort du Midi, des environs de Menton, il adore la Bretagne, ses diverses humeurs. Rien n'est plus salutaire pour lui qu'une bonne marche dans la lande, sur la côte sauvage, missel en main quand le temps s'y prête, osa-t-il à un moment avouer en un soudain accès de lyrisme et tout ému d'une telle confidence!

Un homme plutôt grand, une bonne tête de plus que Charles-André, la poitrine large, des mains noueuses de charpentier.

Mais Jésus l'était, songea aussitôt ce dernier. Néanmoins un visage pas commode que celui de ce vicaire, heureusement des yeux d'apôtre.

À écouter discourir ce vigoureux serviteur de Dieu, c'était sa chère tante qui revenait dans les yeux de son cher neveu, et dans ses oreilles la couleur de ses phrases quand elle feuilletait à l'intention de ses dix onze ans le grand livre jaune interrompu d'images de la Palestine toutes plus poussiéreuses les unes que les autres qu'elle tenait en réserve dans sa chambre : la fontaine qui existe toujours à Nazareth, assurait-elle, où la Vierge allait chercher de l'eau pour sa sainte maisonnée, les sentes du désert, les barques du lac de Tibériade. C'est de l'une d'elles que Jésus prononça elle ne savait plus quoi à l'intention d'une nuée de fidèles rassemblés sur la berge...

Le bouquin ? Il doit l'avoir quelque part en cherchant bien à la fois dans sa mémoire, un vrai fouillis, et dans son trois-pièces du Bouffay plein de perspectives intérieures à Nantes, pas loin de l'église Sainte-Croix.

Dans ce ténébreux bar de la Jetée, alors que le baron Louis avait engagé une longue parole arrosée de vin de messe avec l'athlétique ecclésiastique, Charles-André repris par son enfance en tournait déjà mentalement les pages, hélas sans les commentaires dans les marges de sa défunte tante, tout ce charabia mystique hérité en partie des plates-bandes de son corpulent voisin l'abbé Messager où le nom de Jésus fleurissait sans cesse. C'était Jérusalem vu du mont des Oliviers ou les monts de la Quarantaine avec des cyprès dressés comme des épées ou le désert rocailleux de Judée ou le cours tortueux du fleuve Jourdain ou...

Il avait depuis perdu les noms de toutes ces saintes flaques qu'elle lui énumérait, opposant la mer Morte à cet océan de la presqu'île trop païen à son goût. Qu'y a-t-il donc à pêcher en dehors des poissons dans cette grande révolution d'eau qui ressasse perpétuellement son amertume ? paraissait-elle lui dire. Mais là, si c'était assurément ce qu'elle devait penser, c'était bien lui qui aujourd'hui parlait, et non sa chère défunte qui n'avait pas les mots de son cher neveu, devenu prof de lettres, car les siens, à elle, les vrais, ceux restés dans sa jolie gorge, avaient été trop convertis par sa Bible pour se permettre une telle licence, fût-elle poétique, et déborder ainsi aussi peu chrétiennement ses lèvres.

Il en sourit à son verre.

Une brune entre deux âges, un minois presque effacé de la jeune fille qu'elle était restée espérant en vain, à défaut de l'ange, au moins toujours un Joseph ! Une démarche délicate, apeurée comme au sortir d'un bois, une façon de poser les pieds sur terre qu'elle chaussait de hauts talons. Charles-André croit savoir qu'elle avait un moment éprouvé un début de sentiment pour un militaire du fort de Penthièvre, mais la langue de sable est si étroite pour entrer dans la presqu'île qu'il se demande si l'on peut ajouter foi à de semblables bobards, la mer est si mélangée à cet endroit. Ses dix douze ans toujours si vivaces en lui se rappellent pourtant une ombre galonnée qui persistait certains soirs à l'entrée de leur jardinet et des voix complices entendues depuis sa chambrette du côté du poulailler.

À vrai dire, Charles-André a toujours eu l'art de déguiser les ombres, et à la villa Rose elles ne manquaient pas, depuis l'infortunée du hall d'entrée que le soleil ne nourrissait guère à celles plus riches d'aventures du premier et surtout du deuxième étage, à toucher les clandestines des combles, ces filles de la poussière et de la rancœur des recoins qui rôdent sans partage au grenier. Son prétendu crime n'en serait-il pas la conséquence ? Se retrouver à l'aube en présence d'une supposée morte constituerait-il déjà un signe de culpabilité ? Au « château », rue Marzelle, ne prêta-t-il pas trop d'hypothèses à l'Ombre, ce bâtiment des communs, en réalité le seul vrai responsable de cette anxiété maléfique qui le ruine depuis une semaine ? Pourtant sa grand-mère Julie préféra, après la mort de son distingué époux, y habiter s'y sentant sans doute à cause de ses origines modestes, en bonne fille d'un scieur de long de basse Bretagne, plus chez elle que dans l'apparat désertique de l'édifice principal qui la rendait encore plus veuve ! Du moins à ce qu'on rapporta à Charles-André qui interrogeait souvent son portrait suspendu au-dessus de la cheminée du salon. Il en aimait le minois chiffonné et l'attitude fin de siècle de sa mystérieuse aïeule décédée un an tout juste après son époux et bien longtemps avant que son petit-fils ne naisse.

Là, aux quatre vents de ce vaste domaine que Charles-André grandit, élevé, enfin surveillé tant bien que mal une fois sa mère disparue par sa jeune tante Marie. Il aurait pu en dessiner de mémoire la moindre singularité, et surtout celles des communs où il dormait. Car cette pauvre annexe domestique aux murs de pierres mal entassées les unes sur les autres et soudées on ne sait comment, grâce à un mortier du diable imaginait-il, ne bénéficie guère de la lumière du jour d'où son nom : l'Ombre. Faute aux trembles fort touffus qui en cet endroit du parc le masqueraient au visiteur le plus curieux ? On a eu beau multiplier les lucarnes, vasistas en tout genre, la nuit règne en maîtresse dans ses couloirs même en plein midi. Quant aux escaliers, dès qu'il sut marcher, ses petits pieds craignaient trop de les emprunter car Dieu seul sait où ses marches auraient pu le mener ? Ce dont d'ailleurs semblait l'avertir, le menacer le funeste mannequin de la serre, à moins que le rictus permanent de son visage impassible, impossible, n'exprimât juste sa désapprobation d'être en bois, même en bois des îles. Rien de bon ne peut sortir de telles portes et fenêtres, paraissait-il cependant lui confier avec une joie mauvaise.

Charles-André devenait-il à Portivy, avec son manège autour de la même idée fixe («Mme Joliette est-elle ou n'est-elle pas?»), le mannequin de la villa Rose? Certes, il lui manquait le plateau et la veste rouge, mais il campait visiblement dans la même obstination. Ses amis revenaient bientôt de Virginie, il n'allait quand même pas les attendre avec l'attitude hypocrite de ce type mal articulé dans la serre, heureusement leur habitation n'en possédait pas, de serre. Seule la profusion végétale de ce jardin plutôt exubérant s'apparentait un peu au parc du «château» avec sa piscine vide souillée de feuilles mortes singeant de son mieux l'étang bourbeux. Mais ici, pas d'allées trompeuses, en zigzag, une seule assez rectiligne vous menait en toute loyauté sableuse et avec bonne conscience au portail d'entrée.

La journée s'épuisa ainsi, en digressions intérieures et en pas de côté. Dans quel «Ker», hameau de granit quelconque, crut-il à un moment entrevoir M. Huan rongeant son frein, le féroce garde champêtre de ses jeunes années? Pourtant il n'avait rien commis de répréhensible, seules ses pensées peut-être? De toute façon, ce ne pouvait être ce pourfendeur d'ombres de son enfance: vu l'âge qu'il avait déjà, longtemps qu'il doit verbaliser dans l'au-delà!

Bien sûr, Charles-André déjeuna aux Mouettes sur le port d'Orange. Hélas, alors qu'il aurait bien eu besoin d'une présence féminine qui eût pu mêler ses mains douces aux siennes, la jolie patronne, pourtant dans une triomphante toilette, ne lui prêta guère d'attention, requise par une tablée exubérante de touristes allemands ou scandinaves qui faisait un tapage d'enfer. Le ciel s'en bouleversait au-dehors à la pointe des mâts par la porte entrouverte. Leur brouhaha allait-il amener l'averse ? Charles-André n'était pas loin de le penser. Non, il ne revit plus Angèle, évita même de passer à Saint-Pierre devant sa maison aux volets verts derrière l'église. Il ne s'expliquait pas tellement son attitude. Mais il y a tellement de choses en lui qu'il ne s'explique pas. À Quiberon, un moment, il crut enfin trouver ses raisons d'être. Le soleil s'était mis de la partie éclairant jusqu'au fin fond de l'horizon, donc aussi le sien d'horizon marchant avec lui sur la plage. Cela dura un court éclair, mais l'orage survint, le forçant à aller s'abriter dans une brasserie aussi obscure que le noir noir café qu'il but.

Il avait fini par retrouver le numéro de téléphone de sa cousine, la belle Laurence. Aussi l'appela-t-il non pas de la villa Rose mais d'une cabine publique devant le square où se dresse à Quiberon la statue farouche de Hoche. S'était-elle rendue ou non (comme il l'en avait pressée par lettre) au « château » afin de récupérer ses papiers d'identité, sa carte bleue surtout qui lui fait tant défaut ?

Oui, lui répondit-elle d'une voix aigre-douce, car elle avouait se réveiller d'une sieste, oui elle avait bien été malgré toutes ses occupations sonner à la grille de ladite propriété ancestrale, mais personne n'était venu lui ouvrir. Pourtant la gardienne habite bien là, une certaine Émilie qui fait si bien la cuisine, elle avait encore dans la bouche le mémorable civet de lapin qu'elle leur avait servi lors de leur dernière et familiale soirée ! À moins que ta Mme Joliette soit sourde ou perdue dans mille activités au fond du parc et n'ait pas perçu ses insistantes sonneries, trop prise par le bruit du râteau qu'elle maniait ou trop soucieuse d'étendre son linge à sécher. Et pourtant Laurence avait redoublé d'efforts. Toujours grand silence derrière la grille, pas le plus petit bruit de savate ou sabot de quelqu'un qui s'approche, comme si la gardienne s'était rayée elle-même du monde des vivants, se permit-elle d'ajouter dans un grand éclat de rire ! Laurence avait oublié de lui dire, à lui Charles-André, qu'elle avait même pris la précaution au préalable de téléphoner au « château » pour avertir la bonne femme de sa visite et que là aussi comme devant la grille aucune réponse, signe de vie quelconque, que le répondeur fatidique avec la voix encore vivante et analphabète, plaisantait encore Laurence, de la si talentueuse cuisinière au civet, et pourtant elle lui avait laissé son propre numéro pour que cette obligeante personne puisse enfin l'appeler !

Charles-André, repris par son angoisse, tout en la remerciant d'une voix sourde avait raccroché. Et s'il téléphonait à son tour à Mme Joliette sur un prétexte quelconque, que risquait-il après tout ? Il ne pouvait quand même pas rester avec ce doute sur ses propres faits et gestes. Il faisait tellement noir dans ce bâtiment des communs quand il se réveilla ce pauvre matin de la semaine dernière qui depuis assombrit tant son esprit. Il regarda autour de lui. Que des mines ensoleillées, aucun souci de l'ombre qui pourtant stagnait en grosse taches d'encre ici ou là sur le trottoir. Était-il à Quiberon ce jour-là le seul touriste de l'obscur, celui qui au lieu de se réjouir du soleil ne prête attention qu'à cette lèpre de la lumière ?

S'il analysait... Mais analysait-il vraiment avec ses primes années qui dans la presqu'île lui revenaient sans cesse dans les yeux, avec cette mer en permanence démontée d'un côté et si paisible de l'autre, avec tous ces chemins égarés dans leur solitude qui lui embarrassaient les pieds, avec ce ciel en folie, cette voûte nuageuse presque de granit qui lui pesait aux épaules, s'il analysait, n'était-ce pas d'avoir découvert, à un âge puéril, sa chère tante qui avait passé un beau matin l'arme à gauche et Mme Joliette trente ans plus tard dans la même chambre, le même lit et dans une posture identique sur le dos (mains jointes comme pour une ultime prière) qui lui fit croire que la même mort se reproduisait et qu'elle tenait cette mort aussi à l'Ombre (ce bâtiment des communs où s'entasse tout le rebut du «château») en particulier à la chambre, cette cavité funèbre sous les toits, à ce couloir reptilien qui déversait à son terme le venin de ses marches, et qu'il était lui Charles-André Bertrand, homme pourtant raisonnable, perdu à nouveau dans ce dédale d'effroi ?

D'où sa fuite, tout son être depuis en désordre, et l'impossibilité où il se trouvait aujourd'hui malgré ce soudain franc soleil de voir clair en lui. Car enfin Laurence au téléphone ne fut guère rassurante, personne, que le répondeur pour lui répondre au bout du fil quand elle téléphona, personne devant la grille. À moins que Mme Joliette se soit absentée, chose plausible, des courses à faire place Zola ou ailleurs, dans le reste de Nantes. Aurait-il la force à son retour de se rendre rue Marzelle ? On était vendredi, plus que deux jours pour se décider avant son départ lundi, le train ou le taxi jusqu'à Auray, puis... Ses douze ans avaient soupçonné le mannequin, mais à quarante, comment accepter un empoisonneur en bois, fût-il d'un bois inconnu, d'un bois des îles ? La police lui rirait au nez, même l'océan ici lui rit au nez vague après vague.

Il retourna au bar de la Jetée. La bonhomie du baron Louis l'apaisait. Avec lui au moins ce n'était pas la grande marée, il laissait ça à son ennemie la mer qui osait parfois venir lécher le bas de sa porte. Ses mots visaient juste à vous faire vider un verre de plus. En ce moment il glorifie un de ces vins bien de chez nous, un blanc aussi net au goût qu'un couteau qui coupe ! Quant aux faits-divers contre lesquels il déblatère, si certains serinés maintes fois sentent un peu trop le bouchon, la plupart appartiennent au corps vivant de la bouteille qu'il tient et dont il avale éloquemment une lampée ou deux avant de s'offrir un bon petit coup définitif à se raser les moustaches qu'il essuie après à l'aide de tous ses doigts. Ce vendredi, il se remit, Dieu sait pourquoi, sur l'histoire de la bonne dame que sa famille avait laissée une bonne quinzaine à sa seule mort dans le manoir familial, à tel point que Charles-André se demanda si le cafetier ne serait pas entré, par effraction et sans qu'il s'en doute, dans son propre supposé fait-divers de la rue Marzelle. Il y avait de telles analogies qu'il osa prononcer dans un souffle :

« Ce ne serait pas par hasard à Nantes, par hasard ?

— Vous rigolez, c'est sur la route d'Erdeven, dans un de ces patelins où les gens se terrent, restent sans arrêt chez eux. »

Et elle, la pauvre femme, elle l'était bien, restée ! Il veut dire vraiment restée, décédée depuis des semaines, sans qu'aucun de ses voisins ne s'en inquiète. Cette indifférence le tuait !

« Moi au moins si je crève, tous les soiffards le sauront vite, il n'y a que mon bistro sur ce coin de côte et la mer salée vous savez ça donne soif ! »

Charles-André n'en revenait pas. Oui le baron Louis lui avait relaté déjà au moins une fois cette anecdote tragique, mais comme il prête le plus souvent peu d'attention à sa clameur, pris par celle de la mer dont il s'imagine parfois entendre battre le cœur, il était demeuré sourd aux éclats de voix du cabaretier, ayant son verre à vider et son âme à remplir. De quoi ? Eh bien du vent, s'il sort, de la tempête qui se prépare, ou du soleil qui vous attend au-dehors pour allonger votre ombre. Et c'était le cas, cet après-midi-là, Charles-André songeait donc à aller se dégourdir un moment les jambes dans la lande mais le baron Louis particulièrement loquace le retenait par le feu de ses paroles. Un homme de moyenne stature qui vous parle à bout portant.

«Alors vos amis sont aux States», proféra-t-il un rien snob.

Il a deux marmots, une épouse diligente dans le reste de sa caverne, une bosse de granit aux trois lucarnes derrière le comptoir. Car lui seul tient à la force de ses bras noueux son bar de la Jetée. Quoique du large il sache seulement ce que lui en rapportent ceux qui en retournent. Le jour ne s'est pas encore levé, s'exclame-t-il, où on le verra se hasarder sur l'une de ces planches mouvantes qu'on appelle une barque.

«J'ai le mal», excuse-t-il piteusement. Une fois, il avait vomi durant toute la traversée entre Quiberon et Belle-Île.

Jamais Charles-André n'avait rencontré quelqu'un capable de promener une telle désapprobation de l'océan en lisière de ses vagues. Loin de flirter avec elles, il préférait s'en écarter. Manifester un dégoût si prononcé et tenir un café face à un port? s'étonnait parfois Charles-André. L'autre en rigolait, concédait à narrer qu'un héritage impromptu lui avait mis entre les mains cet estaminet, qu'il aurait d'ailleurs plutôt préféré planté pleine terre, mais qu'il n'allait quand même pas cracher dessus, car c'est la mer, son grand cirque, qui lui amène le gros de sa clientèle, pêcheurs qui vivent d'elle et touristes qui viennent à Portivy s'en réjouir le regard.

Louis Baron, dit le baron Louis, la même chemise à carreaux qui à chaque heure se fige d'étonnement devant l'océan insurmontable.

«Ainsi vos amis sont aux States», répétait-il pour parler, ne pas laisser le silence, sa discrète corolle, s'installer entre eux.

Charles-André opina :

«Comme chaque année, ils rentrent sans doute la semaine prochaine ou un peu plus tard, je ne sais plus!»

Le baron Louis grogna quelque chose. Oui, Charles-André se préparait en effet à repartir, son travail de prof, les élèves, l'immensité du tableau noir. Oui, il habite à Nantes, vous connaissez, près du marché du Bouffay. Mais il reviendra, à Pâques, par exemple...

«La meilleure période, énonça doctoralement le baron Louis, c'est...»

Le lendemain, c'est tout juste s'il se rappelait comment il avait exténué sa journée. La fin d'après-midi (une violente, encapuchonnée d'averses) le trouve malgré tout, cherchant à passagèrement s'abriter de la pluie, à la Maison du Douanier, une bâtisse en ruine sur la côte sauvage où il entendit à nouveau comme jamais courir ses années d'enfance, mais après? Ses pas devenaient de plus en plus incertains, sa promenade distraite d'elle-même à travers la lande, flânant comme il flânait dans les fondrières de ses propres parenthèses. Il lui semble pourtant, à y bien penser, qu'il repassa à Saint-Pierre, même que l'ancien chalet de sa défunte tante le sollicita un moment et aussi le bref chemin de la Vieille-Dame.

«Vieille Dame», se répétait-il d'une façon enfantine. Mais Mme Joliette n'en était pas une, la cinquantaine guère plus, avec encore d'assez jeunes oreilles pour entendre et une bouche pour parler, prononcer qu'elle était bien vivante et lui un nigaud de s'imaginer...

Et s'il téléphonait? Qui l'empêchait de le faire? Les puissances de la nuit, de cette nuit-là?

De retour à la villa Rose, il composa le numéro de la rue Marzelle. Sur le répondeur, aussitôt ce fut la voix inerte de la gardienne: «Je ne suis pas là pour l'instant, mais laissez votre message.»

Il ne laissa pas, raccrocha, un peu ému de cette voix peut-être désormais sans corps. Mais enfin, se raisonna-t-il, et la bande de trembles à la fenêtre qui s'agitaient comme des démons paraissait de cet avis, mais enfin, cohabiter un matin avec un possible cadavre vous rend-il en quelque façon coupable? Mais de quoi? Pourquoi cette impression étrange persistait-elle en lui? Ses mains savaient-elles des choses sur son individu que lui ne savait pas? Un faisceau de gestes accomplis durant son sommeil oubliés à son réveil? Si crime il y eut, ce fut en tous les cas un crime en bois blanc où un mannequin eut sa part, pas lui, ou si peu, car de verser de l'armagnac, comme il le fit, dans des gobelets présents à cet effet sur un plateau ne vous rend pas complice de quoi que ce soit! Pourquoi donc errer en lui-même comme dans les coursives d'ombre de ce bâtiment au rebut depuis si longtemps privé de soleil, d'une saine clarté?

C'est quand même pas lui, les «communs»! Il n'a pas un étage et un sous-sol caverneux. On ne gravit pas des marches pour l'atteindre. Il n'est pas la grille qui grince, les allées perdues et l'étang bourbeux. Son être a d'autres horizons. Dans son trois-pièces du Bouffay, le désordre ne subsiste que dans son lit pas souvent fait! Quand donc s'en relèvera-t-il l'esprit apaisé, avec tout juste assez de bleu en sa personne pour s'encadrer comme témoin du beau temps à sa fenêtre ?

Il eût souhaité en parler à quelqu'un d'assez intime qui lui remettrait les idées en place. Mais même Diane, son ex-compagne, avait déjà reculé devant l'énormité de la tâche : tous ces imaginaires de Charles-André qui leur tombaient dessus n'importe où, expliquait-elle quand par exemple il émettait des doutes sur le passant qui les dépasse, ou sur l'autre homme ou femme plus lointain et pourtant à peine silhouetté qui lui faisait appréhender une seconde de gagner à son tour le coin de la rue.

Ce n'était pas sa tante qui s'emportait quand... Ah ! Puis à quoi bon expliciter ce quand ! Dans ses yeux tournaient encore les pages de ce grand livre jaune consacré à la vie du Christ où se récitait aussi son enfance. Un soir, elle lui en lisait un ou deux passages, un autre, lasse de sa journée elle se satisfaisait alors de lui en commenter quelques images. Il s'en souvenait d'une, précisément (la route assez escarpée, un chemin blanc-gris de poussière se faufilant entre de vieux cyprès) intitulée «les monts de la Quarantaine» à cause d'une masse pierreuse qui escaladait tout le haut de la photographie et d'une légende où était inscrit en petits caractères que la route («une sainte route sans nul doute car tout est saint par là, même les cailloux», s'empressait-elle d'ajouter) qui provenait de Jérusalem à six cents mètres au-dessus du niveau de la mer, à cet endroit désolé se retrouvait cent mètres au-dessous.

Par quel miracle? osait-il alors demander. Elle se perdait en considérations vagues (car comme il s'agit de la mer Morte, tout par là est plus ou moins cassé, «décédé») allant même jusqu'à évoquer une origine volcanique (les feux de l'enfer) qui aurait provoqué ces failles, tous ces effondrements!

Il en souriait toujours. C'est ce sourire qui lui éclairait l'heure. Dès qu'il était seul ses jeunes années lui couraient tellement après avec sa chère tante l'appelant avec des accents introuvables dans la voix. Car selon elle, il disparaissait trop vite: «Où te caches-tu?» pleurait son inquiétude. Qu'il soit à Portivy, à Saint-Pierre, ou à Quiberon, ou sur n'importe quel chemin hasardeux, il entendait toujours cet éternel «Où te caches-tu?». Se cachait-il encore? La solitude serait-elle une cache? Une façon de se retirer en soi-même comme dans un trou? Dans deux jours, il sortirait du sien, car à Nantes il n'entendrait plus rien, aussitôt trop peuplé par cette ville animée où seule la Loire fait glisser son silence. Fallait-il d'ailleurs qu'il finisse par se rendre rue Marzelle pour éclaircir ce mystère? l'énigme rouillée de la grille, des allées, celle d'ombre du bâtiment des communs? Aurait-il enfin le courage d'aller à nouveau frapper à la chambre de Mme Joliette? Il se faisait peu à peu à cette idée.

La villa Rose, après le jardin inextricable où une bande de trembles au tronc rugueux s'agace du moindre frémissement d'air, c'est d'abord une terrasse puis, une fois passé la porte, un hall riche en papiers divers, dossiers empilés à la hâte à même le plancher, sur la table d'angle, qui gémit par instants sa crainte de ne pouvoir les supporter bien longtemps, se dit aussitôt Charles-André qui a toujours eu l'imagination des choses, l'univers lui semblant de plus en plus l'analogue d'une table non desservie avec cette question : où ranger la vaisselle ? Des photos de paysage des quatre coins de la planète agrandissent les murs avant le salon encombré d'objets innombrables rapportés de contrées lointaines. Qui s'aviserait de vouloir les énumérer y perdrait à tout coup son âme ! Et son âme, Charles et aussi André s'y cramponnent ! Car c'est par les yeux du dedans que Charles-André Bertrand aspire à jauger le dehors. La presqu'île par exemple en dehors du privilège d'avoir contenu une part de son enfance, qu'est-ce ? Un bras de terre (on dit bien un bras de mer) qui signale quel désarroi ?

Plus qu'une journée à Portivy, demain il rentre. Aussi s'évertua-t-il à ne laisser aucune trace de son passage, que ses amis virginiens en restent babas. Nettoyer la cuisine ne fut qu'un jeu d'enfant comme balayer son cheminement d'une semaine dans les étages, et aussi conforter le lit, apurer à l'aide d'eau savonneuse la baignoire. Que la nuit qu'il lui reste à passer dans cette hautaine demeure ne dérange que l'indispensable, un oreiller se retape vite et son baluchon prêt à être emporté, il le déposa déjà dans le vestibule, à l'entrée. Que subsistait-il dans la corbeille à pain ? Un ou deux croûtons affectés d'un bout de saucisson qu'il prit soin de grignoter avant de s'endormir. Qu'à son départ il n'ait plus qu'à enfouir la clef dans la souche moussue au pied des trembles, avant de s'éloigner sans se retourner. Aux dernières nouvelles, Solange et Jean-Marc devaient débarquer de leur périple outre-Atlantique mercredi ou jeudi, et lui quittait les lieux lundi prochain, taxi jusqu'à Auray, car en cette morte-saison, le train ne fonctionne qu'épisodiquement, lui avait appris incidemment le baron Louis, puis l'express jusqu'à Nantes, la gare devant le Jardin des Plantes et ses deux étages familiers du Bouffay à remonter sans y penser, la porte qui résiste, et le décor qui l'accompagnait avant les vacances, ses trois pièces amicales avec aux fenêtres la fortune d'une rue peu passante visitée surtout par pas mal d'oiseaux. Avertirait-il Laurence de son arrivée ? Il éprouvait le besoin d'une présence féminine et cette jolie cousine le rassurait, lui et son image dans le haut miroir de son armoire. Qu'ils dînent ensemble et peut-être plus! Qu'avait-il eu besoin de se ruiner à ce point l'esprit avec cette trouble histoire? Que Mme Joliette n'ait pas répondu prouve seulement son absence ou qu'occupée par quelque tâche ménagère dans un quelconque recoin de la vaste propriété elle n'ait pas entendu qu'on sonnait, bien qu'elle soit assez électrique et de la tête aux pieds. Le mieux de toute façon était de prendre sur lui et d'aller frapper aux Marzelles. À tous les coups, l'avenante gardienne l'accueillerait avec un grand sourire et son habituel «Ah Monsieur Charles!». Elle ne s'était jamais habituée à son double prénom.

C'est avec toutes ces hésitations néanmoins optimistes dans la cervelle qu'il se coucha et s'endormit aussitôt du sommeil du juste. Le matin le retrouva à la cuisine bâillant devant son bol de café, plus qu'une journée à tirer devant la mer démente. Était-ce bon d'ailleurs pour son équilibre de séjourner devant cette agitation permanente qui masque dans un friselis d'écume la sournoise intention de ses bas-fonds? Qu'en était-il des siens? L'isthme qui rattache la presqu'île au continent devant le fort de Penthièvre n'aurait que trois cents mètres de large, avait-il lu dans un vieux guide de la Bretagne à l'étage, et lui son isthme qui le rattache à l'espèce ordinaire des hommes quelle largeur avait-il? Son ex-compagne Diane qu'il croisait encore hier yeux baissés au lycée où elle enseignait l'histoire (mais pas la leur) l'avait fui, son amoureux actuel, un vigoureux prof de gym assez musculeux dont il n'aurait pas aimé rencontrer les poings, avait dû depuis leur séparation la ramener pleine terre. Finies pour elle les dunes où l'on s'enfonce, les falaises déchiquetées de la côte dite sauvage de la moindre imagination de Charles que corrige à peine André. Ce fumeux Charles-André Bertrand qui naguère partageait ses nuits s'était encore plus éloigné du côté du large, et elle aurait bien eu de la peine à le suivre dans ses derniers remous. N'aurait-elle pas ri de ses angoisses? «À force de vivre dans mon enfance entre deux mers, lui aurait-il volontiers confessé, n'ai-je pas hérité de la passion mouvementée de l'une et de la fausse douceur de l'autre? N'ai-je pas moi aussi un côté baie et un autre furieux?» À la pointe mouvante du Conguel, à l'extrémité de la presqu'île, devant ce redoutable passage de la Teignouse où se perdirent au cours des années tant de générations de pêcheurs, on ne peut plus déchiffrer les intentions de l'océan. Est-ce là que lui se tient quand il s'imagine criminel, trop près en réalité de l'eau troublante? N'est-ce pas elle qui lui souffle parmi les ardeurs du vent ce souci poignant de Mme Joliette?

Il y songeait ce matin-là, pas encore complètement sorti de sa nuit, tout en tournant sa cuiller dans son bol. Les chiens des voisins de la villa Rose aboyaient en meute et la pluie menaçait.

Tante Marie, si évangélique d'allure, eût-elle accepté l'adulte qu'il était devenu ? L'aurait-elle jugé digne d'arpenter en sa compagnie les rives pieuses du lac de Tibériade ou de la mer Morte ? Il se rappelait une illustration du même fatidique livre jaune où elle jurait, quand il avait mal fait, de l'enfermer le soir au coucher dès qu'il s'endormirait et il se cramponnait dans son lit pour rester éveillé, à tout prix échapper à cette forteresse d'Hérode Antipas, amas de pierres lépreuses sur sa butte, un des sites les plus abrupts du pays de Moab, lui soufflait-elle vengeresse avec plein de mots inconnus dans sa bouche. Il en frissonnait presque encore. Sans doute désirait-elle qu'il se fasse prêtre ? Car à quoi rimait qu'elle l'entretienne ainsi presque journellement de Jésus ? Il savait par exemple tout du puits de Jacob vieux de plus de trois mille cinq cents ans, protégé actuellement par une construction en maçonnerie. N'est-ce pas à cet endroit qu'une Samaritaine donna à boire au Christ ?

À moins qu'il ne se trompe, c'est sa mort qui arrêta

leur doux conciliabule, bien que sa voix soit restée à jamais dans ses oreilles. Il suffit qu'il rêvasse, s'entretienne avec lui-même et aussitôt elle intervient. Il la voit alors sans la voir avec son joli visage, sa beauté brune apprêtée pour qui? pour quoi? On sait qu'il avait juste douze ans quand elle décéda, et ses grands-parents paternels, Joséphine et Joseph, devenus gardiens du «château», veillèrent alors sur lui jusqu'à sa maturité quand, ses études faites, sa situation de jeune professeur acquise, après un rude passage aux armées pour son service militaire, il se libéra définitivement de la tutelle du noir étang et de ses allées mortes pour aller vivre sa vie dans un contexte plus joyeux que celui du parc de la rue Marzelle gagné par la rouille de la grille et la brique rouge sang de l'édifice principal. Son père? À l'étranger, croyait-il, au Canada lui apprenait-on, du côté de Vancouver, perdu par le Pacifique ou ailleurs. Prénommé Charles, il s'est toujours arrangé pour se trouver là où on ne le trouve pas!

À la villa Rose, dans ses derniers instants à Portivy, Charles-André se demandait s'il aurait jamais le courage d'aller à nouveau affronter cette légendaire bâtisse de son enfance? La paix de l'âme était pourtant à ce prix! Mais soudain, une idée inattendue lui vint: si la fabuleuse grille était fermée à clef quand Laurence, sa tendre cousine, osa aller sonner, n'était-ce pas la preuve évidente que quelqu'un depuis son départ précipité était intervenu? Or ce quelqu'un ne pouvait être que Mme Joliette, la seule habitante de ces lieux! Lui quand il s'éclipsa, il avait dans sa hâte simplement repoussé la grille derrière lui avec sa clef restée à l'intérieur. Qu'il était donc bête de ne pas y avoir songé plus tôt! Il se serait épargné huit jours de ténèbres jusqu'à croire que la police le traquait! Il avait été abusé avec son esprit puéril par la similitude des positions lors du décès de sa chère tante Marie entre elle et la gardienne qui paraissait elle aussi ne plus respirer, yeux clos, mains jointes dans son lit pour une ultime prière. Il n'avait plus alors quarante ans mais douze et puis l'atmosphère toujours mystique des communs, l'ombre et sa main noire qui court les escaliers, les couloirs, les multiples craquements d'os de la bâtisse. Bien sûr que Mme Joliette était vivante et lui souriait déjà de toutes ses dents! Car qui en dehors d'elle? Ce n'était quand même pas le sombre mannequin avec sa démarche de bois des îles qui eût pu aller tourner la clef dans la serrure de la grille?

Il ne s'attarda pas sur cette ultime question! Était-ce donc alors la peine d'aller constater si oui ou non? Il penchait pour le non, remit à plus tard la décision, repris par les préparatifs de son départ, un dernier coup à avaler chez le baron Louis toujours aussi écumeux dans sa chemise bariolée, un fait-divers à lui tout seul, traitant la mer avec désinvolture, ne comprenant guère les touristes qui viennent le plus souvent deux par deux en se tenant par la main s'étonner devant les vagues. Son épouse, sortie pour une fois de sa caverne, avait osé montrer sa jolie frimousse derrière le bar. Charles-André lui paya son café et partit sans se retourner.

Le taxi l'attendait devant le bar de la Jetée. Un ultime regard sur la plage malmenée par une brusque tempête et tout fut laissé au rétroviseur, un trajet jusqu'à Auray muet comme une tombe, ne célèbre-t-on pas encore la Toussaint, fête des Morts ? Le temps en mouvement, pluie, vent hurleur vous arrachait les mots de la bouche. L'impression en arrivant dans cette plaisante cité qu'il retrouvait la civilisation, comme si d'être demeuré seul une huitaine devant les aléas de l'océan l'avait un peu trop sorti de l'espèce humaine ! Là, à croiser tant de visages sérieux en attente sur les quais, ses restes d'angoisse fondaient. Quelle folle idée de s'imaginer ? Pourquoi vouloir à tout prix être ce qu'on n'est pas, un criminel, un empoisonneur ? Encore une de ses hypothèses en bois des îles. Il en avait marre de ce foutu mannequin que lui seul dans la famille soupçonnait des pires méfaits : de jour un pantin articulé, mais le soir… La nuit et ses rouages ne lui prêtaient-ils pas une vie seconde ? Certes une vie de mannequin, une pauvre vie réduite à quelques gestes. Une sorte de robot que les ténèbres à l'insu de tous mettent en branle ! Le bouter, culbuter hors de la serre, le jeter au feu, qu'une bonne flambée le réduise en cendres et que lui Charles-André échappe enfin à son emprise. Et personne à qui se confier sans qu'il n'en rît ? Diane ? n'en parlons plus. Laurence ? Il se pourrait peut-être que sa cousine, à condition de présenter cela comme un rêve…

Il y songea. Le train roulait, dans son compartiment une autre Mme Joliette feuilletant une revue. Il n'y a que lui pour s'abuser de telles illusoires ressemblances. Mais quand même, la bouche, le nez droit, les yeux bleus, les avantages… D'un peu, il lui eût réclamé la clef rouillée de la grille. Elle croisait et décroisait les jambes. Son charme de jeune homme distingué opérait-il? Enfin, il retrouvait vie normale et statut social. Il n'était plus le sauvageon de la villa Rose, l'être en bois trop tendre dont s'énervaient les trembles. Ses nuits allaient devenir des absences de jour et pas autre chose! Il se commanda un épais sandwich au wagon-restaurant, mordit dedans avec volupté, lut le journal avec la même faim, passant la page des faits-divers. Qu'était donc devenue la planète Terre durant toutes ces années? Oui, il pensait sa semaine à Portivy comme ayant duré un siècle. Et Angèle qu'il n'avait pas été revoir! Et Quiberon devant Belle-Île! Et Saint-Pierre et la jolie patronne des Mouettes! Et la lande! Et la mer qui rugit d'un côté, s'endort de l'autre! Il allait débarquer à Nantes à la gare devant le Jardin des Plantes débarrassé de toutes ses chimères!

Charles-André retrouva avec plaisir son lycée, le train-train quotidien. Entre les cours parfois il lui arrivait bien d'avoir la tête un peu ailleurs, un ailleurs dont il retardait de repousser la grille, mais par bonheur le tumulte des élèves dans les couloirs, le charivari des récréations, la présence des collègues, en particulier celle d'une certaine Irène, une prof de maths (belle équation qui comportait encore un peu trop d'inconnues qu'il aimerait bien résoudre), le sortaient de la rue Marzelle, de ses angoisses. Et puis le soleil, les taches d'ombre moins perceptibles, vengeresses qu'à Portivy, l'océan orgueilleux remplacé par la languide Loire lui insufflaient une quiétude, cette sérénité journalière des heures d'avant les dernières vacances, d'avant cette fumeuse nuit dont il essayait vainement de se réveiller. Qu'il se rassure ! Sur ses papiers d'identité, dans la glace au-dessus du lavabo il était bien toujours ce même Charles-André Bertrand, enseignant de son état, domicilié au Bouffay, près du marché du même nom et rien d'autre.

«Rien d'autre», il se répétait sans vraiment totalement se convaincre.

Une semaine s'écoula ainsi. Trajet logis lycée, lycée logis, plus quelques escapades dans de quelconques brasseries, paroles diverses entre collègues égayées par le vin dans les verres qu'on porte à la bouche sans trop y penser. Quand le crépuscule montait et sa marée noire dans son trois-pièces qu'il avait pourtant pris soin d'éclairer jusque dans les toilettes, les cris des oiseaux réjouissaient ses fenêtres, emportant ses funestes idées qui hélas n'avaient pas tardé à poindre dans le frou-frou de leurs ailes. Il s'endormait alors parmi ses nombreux oreillers à qui il confiait le soin d'étouffer le reste de ses anxiétés.

Laurence lui avait téléphoné : oui, il avait retrouvé ce qu'il croyait avoir oublié au «château», en l'occurrence son si nécessaire portefeuille. Il mentait comme un éhonté, se confondait en mille excuses : il aurait dû l'en avertir plus tôt, mais des fois il n'a plus sa tête, remplacée alors par une autre en bois des îles : «Heureusement que j'ai encore mes pieds qui savent où ils vont, enfin qui savent… »

Elle gloussait à l'autre bout du fil, elle a toujours aimé la cocasserie de ses formules. Ils se promirent avec un bel ensemble de se revoir sous peu, dès que l'un ou l'autre verrait un trou dans son emploi du temps.

Irène aussi, cette prof blonde aux proportions idéales d'à peine trente ans, habite Chantenay, faubourg où elle naquit. Avec une manière très particulière de vous dévisager, de faire que votre sourire devienne bientôt le sien. Attention extrême à autrui sans doute? Des yeux rieurs. Plutôt que des paroles, des mots enfouis dans une mousse amicale, une politesse des attitudes, un secret, le secret de son être qu'elle vous expose à son insu et quel que soit le sujet de la conversation, des palabres. Et elle rit, d'un rien elle rit, sa délicate personne aussitôt en émeute, une émeute dont certains moins enjoués se renfrognent dans la sévère salle pédagogique avec les portraits d'anciens profs barbus du siècle précédent suspendus aux murs.

Manifestement, Charles-André suscitait son intérêt, ses longues parenthèses au regard perdu étaient trop «chou» quand il feuilletait ses cahiers ou entrouvrait un bouquin. Elle se tenait alors dans ses marges pour avoir bientôt voix au chapitre, qu'au lieu de tourner les pages il préfère enfin affronter la sienne. Et ils repartaient ensemble dans les couloirs mêlant leurs pas à défaut pour l'instant d'autre chose! Aussi Charles-André, conscient de cette vive attention à son égard, chercha-t-il, dès son retour, un peu de réconfort de ce côté-là, l'invitant même à déjeuner dans un troquet qui avait beaucoup de couleurs près de la gare. Une idée avait germé en lui. Pourquoi au moment du dessert, quand l'intimité des verres et des assiettes se serait faite, ne pas lui exposer son aventure au «château» comme un rêve, un parmi d'autres de ses vacances, dans la villa un tantinet austère de ses amis «américains»? À fréquenter de trop près l'océan ne risque-t-on pas de s'y noyer l'âme? Et autres balivernes pseudo-métaphysiques de ce genre.

Elle parlait, parlait, il réfléchissait, réfléchissait. Ce fut à l'instant même où, couteau levé, elle attaquait sa tarte normande qu'il mit son projet à exécution, lui proposant même «en tout bien, tout honneur», si un jour elle voulait vraiment se dépayser, oublier un après-midi Nantes et sa rumeur, de l'amener visiter après la place Zola cette haute demeure familiale : autant en profiter assez vite, car les héritiers, dont lui-même avec ses innombrables cousins et cousines, venaient juste de décider il y a une quinzaine lors d'une soirée mémorable de mettre ladite demeure en vente. Car ajouta-t-il, un rien suffisant, on peut en effet penser qu'avec ses trois étages meublés avec goût, son parc touffu, ses pelouses épaisses et l'étang qui réfléchit tout ça, on peut penser qu'elle ne restera pas longtemps sans acquéreur.

Irène battit des mains.

«Ça appartenait à ma grand-mère, veuve encore jeune d'un premier mariage, sa grande beauté avait séduit un riche propriétaire d'au moins un siècle plus âgé qu'elle, trouva-t-il encore moyen d'expliquer.

— Si tu veux», répondit-elle goulûment. Elle aime les maisons, les vieilles surtout, et les parcs, les trucs pleins d'allées derrière leurs grilles rouillées.

Il comptait, accompagné de la belle Irène Blanchard si pleine de vie, s'assurer discrètement de l'inanité de son hypothèse enfantine, qu'à la porte de l'Ombre Mme Joliette à leur vue surgirait toute ressuscitée du bâtiment des communs s'essuyant les mains à son tablier. Oui mais comment entrer ? S'il sonne et que personne ne répond? Car la clef, il la laissa comme un âne dans sa serrure, le matin du sauve-qui-peut! À moins de téléphoner au préalable. Mais chaque fois qu'il le fait, seule la même voix atone de la cuisinière s'entend au répondeur! À moins qu'elle ait quitté Nantes pour quelques jours, son fils, marié, des enfants, niche à Saint-Brévin, en face de Saint-Nazaire! Et Charles-André n'était pas sans savoir qu'elle s'y rend souvent! Cela fait même partie de son contrat. C'est bien à lui de prendre une simple absence pour une mort probable. Il décida donc de tenter l'aventure.

« Figure-toi... », commença-t-il.

Sans doute qu'il flirtait trop avec la nuit, estimait parfois Charles-André dans son coquet trois-pièces du Bouffay dont les oiseaux réjouissaient tant les fenêtres. Là, les ombres ne se maintenaient que dans ses yeux et il espérait bien un jour proche, en dormant ainsi toutes lumières allumées, les chasser à jamais de son esprit. En attendant, qu'elles patientent à la porte, ces ombres, car hélas elles le reprenaient vite dans l'escalier.

Le silence de Nantes, c'est la Loire glissant dans l'uniformité de son texte liquide, pas d'embardées imprévues, qu'une glissade uniforme… Et souvent il se permettait une légère virée sur ses bords, quai de la Fosse par exemple, pour apprendre d'elle la sérénité de son courant, noyer enfin tous ses mornes instants contaminés par l'idée de la rue Marzelle. Comment une demeure ancestrale, berceau de son enfance, avait-elle pu devenir en si peu de temps un lieu d'épouvante ? Et tout ça à cause de la mort de sa tante et de celle supposée trente ans plus tard de la gardienne dans le même lit, même chambre de l'Ombre, ce funeste bâtiment des communs ainsi surnommé car caché à jamais du soleil à cause d'une bande épaisse de trembles! Parmi les arbres toujours en transe, il n'en existe pas de plus dévoyés!

Irène entre poire et fromage avait malgré tout écouté d'une oreille distraite le récit détaillé de son cauchemar enfantin, avant de l'interrompre de sa voix décidée :

«On a tous des trucs comme ça. Ainsi moi qui te parle, j'ai pendant longtemps…»

Il oublia aussitôt ce «pendant longtemps» qu'elle avait éprouvé petite fille, un peu mécontent qu'elle n'ait pas prêté plus d'attention à l'histoire de sa prétendue culpabilité. Après tout ce n'est quand même pas si commun, même dans un rêve, de se sentir partie prenante d'un possible décès qu'on n'a pourtant pas provoqué. Et tout ça, à cause de l'heure, du décor, de la solitude d'un couloir qui mène à un deuil ancien, d'une pièce aux volets rabattus! Il s'en était réveillé épouvanté, jurait-il. Du moins ses douze ans en lui s'en étaient réveillés épouvantés! A-t-il toujours cet âge à certaines heures ?

Mais Irène :

«Elle était comment ta tante, oui, celle qui t'a élevé ? Jolie ? Une brune aux yeux bleus ? Eh bien dis donc, elle ne devait pas manquer d'amoureux. Non tu dis ? C'était Jésus son amoureux! Et toi, elle t'appelait son Jésus! Quand tu étais sage, sage comme un Jésus bien sûr!»

La brasserie où ils déjeunaient bourdonnait d'infinitudes, une sorte de café feuille morte, où tout semblait avoir déjà été fané, déjà vécu, tombé de l'arbre des minutes, là un jeune homme à une table proche qui reculait perpétuellement le moment de couper sa viande, ici une femme d'un autre âge perdue irrémédiablement dans sa purée. Une porte battait derrière le bar et le serveur éberlué, qui avait servi tout le monde, momentanément ne savait plus quoi faire de ses dix doigts, aussi tripotait-il sa serviette, une à carreaux, bonne à essuyer les vitres.

«Je t'y amènerai, promit Charles-André encore dans ses songes.

— Où ça, dans ton rêve? souriait la blonde Irène.

— Quand même pas, mais au «château». Un jour que tu auras du temps à consacrer au berceau de ma famille. C'est pas loin place Zola! Tu peux quand même accepter ma compagnie jusqu'à la place Zola!»

Il devait être cette heure douteuse des débuts de l'après-midi. Le soleil se voilait. Un nuage amassait certainement ses gouttes dans quelque recoin du ciel en prévision d'une soudaine averse. Il commanda deux autres cafés, reparla de sa tante, tout l'y invitait: la fainéantise de l'heure qui tardait à s'écouler, cette cliente là-bas, incertaine de profil contre la vitrine qui de loin aurait pu être elle, les jeux de l'ombre…

Certains soirs particulièrement bibliques tout caillou qui roulait sur le chemin avait déjà roulé à l'entendre sous les pieds de Jésus, poursuivait Charles-André.

Il avait encore en tête, Charles plus qu'André (car elle l'appelait plutôt du seul «Charles» plus doux à ses lèvres), des lieux de Palestine comme ce hameau de Magdel au bord du lac de Tibériade et cette plaine, la plaine de Génézar sur laquelle en idée il se roulait frileusement en se couchant le soir!

«Curieuse fille», conclut Irène que la chose rasait.

C'était surtout l'été que ladite chose évangélique la prenait, continuait mécaniquement Charles, quand l'air chaud qu'on peinait à respirer devenait quasi galiléen. Alors sa tante ressortait son grand livre jaune, évoquait au bord de la mer Morte les pêcheurs raccommodant leurs filets, ajoutant que, le soir, il convient de raccommoder le sien, celui du jour troué par nos pauvretés. Charles-André en soupirait, Irène s'en effarait un peu, croisant décroisant ses jolies jambes.

«Finalement, elle n'était pas un peu zinzin, ta tante biblique?» osa-t-elle enfin dire.

Le miracle, c'est que Charles-André, si amoureux du souvenir de sa défunte presque mère, ne s'en offusqua pas. Des noms étranges lui revenaient trop aux lèvres. La contrée des Géraséniens par exemple, des sortes de possédés, des gens qui ne s'appartenaient pas. Jésus fut en butte à l'un d'eux complètement à poil et qui sortait d'un tombeau, car ils habitaient les cimetières. C'est dans Luc ou Matthieu? Charles encore moins André ne savait plus lequel des deux Évangélistes en parlait.

«Tu n'en serais pas un, un de ces Géra quelque chose!» émit évasivement Irène, bâillant de toute son âme.

Ils demeurèrent ainsi face à face durant plusieurs heures. Un troisième café ne raviva guère leur dialogue. Que de mots restés en suspens, de pensées non dites!

Le Jardin des Plantes encore agité par l'orage les invitait pourtant depuis l'autre côté de la rue à venir se dissimuler sous ses ombrages, une averse avait à peine mouillé l'instant, il en subsistait sur les bancs quelques gouttes à écraser du pouce. Et Charles-André les avait fort délurés les pouces comme l'ensemble de sa personne d'ailleurs. Il souriait à Irène et aussi à son propre sourire.

Sans doute que d'autres scènes de cet acabit se produisirent durant les semaines qui suivirent et toujours dans ce même café rongé par l'automne, et c'était sans doute cette saison que le garçon (d'une lassitude autant feuille morte que celles qu'il balayait entre les tables de la terrasse) à son insu leur servait : du thé qui avait mal passé l'été, un jus de fruits dont on recherchait vainement le fruit.

Et les jours passèrent. Enfin, c'était plutôt toujours le même qui, le matin, venait frapper à la porte de Charles-André. Et qui d'ailleurs le reconduisait de façon fort civile le soir au 35 de sa rue pleine d'adjectifs, d'épithètes colorées au crépuscule, restes de septembre ou d'août sans doute, dernières coquetteries de cette éblouissante saison s'attardant dans une autre plus morne avant l'hiver.

Le même jour, rageait-il, et à la même porte avant de sortir toujours le même souci : Mme Joliette est-elle ou pas ? Ses douze ans restés si vivants en lui étaient-ils les seuls à croire à un décès possible ? Comment à quarante parvenir à se débarrasser de cette hantise ? Par quelle poste chimérique en oblitérer jusqu'à l'ombre ? Car l'accorte gardienne du « château » dormait dans la chambre de sa défunte tante dont il avait au réveil à peine osé pousser la porte pour la prévenir de son départ matutinal. Car pousser la porte, c'était peut-être commettre un acte meurtrier, s'imaginait-il presque dans son égarement, ressusciter cet épisode tragique de ses premières années, elle, Émilie Joliette, couchée dans les draps d'une mort identique à la première. C'est vrai que depuis, malgré ses appels réitérés au téléphone, elle n'avait plus donné signe de vie.

Il neige trop souvent en lui. Il a froid dans ses pensées, sa vue intérieure se brouille. Et le voilà aussitôt et quelle que soit l'heure au sein d'une foule indistincte, errant en aveugle parmi les passants comme dans l'effroi d'une maison vide, d'où ces brusques absences qui en stupéfient plus d'un parmi ses collègues du lycée. Il faut alors, s'il était assis à deviser en leur compagnie, qu'il se lève soudain, les laisse avec des bouts d'excuse sur les lèvres, un vague borborygme, pour aller se planter à deux pas devant la fenêtre la plus proche comme si le temps qu'il fait devenait soudain un plus séduisant interlocuteur que cette dizaine de quidams réunis autour de leur table pédagogique. Ce qui ne lui attire pas forcément que des amis!

Se confier à un médecin lui ôterait-il du visage cet air d'enfant noyé comme s'il sortait du lac de Tibériade, air qui heureusement lui suscite parfois quelques bonnes Samaritaines, sa tournure plutôt commune n'étant pourtant pas l'une de celles qui d'ordinaire retiennent l'attention du beau sexe? Mais ces créatures conquises ne sauraient pas mieux vous dire. «Ses yeux ont froid», avait pourtant une fois concédé l'une d'elles qui ambitionnait sans doute, sans trop se l'avouer, de les dégeler! Une prof de latin assez plaisante partie depuis et sans se retourner décliner sa vie dans un autre établissement, une certaine Pauline, une Pauline comment déjà?

On avait répété la chose à Charles-André un peu interdit qui n'avait su qu'en dire.

Interroger un «psy», se disait-il parfois, après tout c'est leur métier à ces praticiens d'aller tâter les vieilles douleurs! En était-ce une qu'il soignait parfois dans les églises vides? Assis, loin de prier il attendait surtout que l'heure périsse.

Tiens, il avait reçu à son domicile nantais une nouvelle lettre de ses amis de Virginie confirmant leur retour imminent et qu'ils allaient quitter non sans regret leur opulente demeure style plantation du Sud d'avant la guerre de Sécession mais là, dans cette bâtisse que l'université de Charlottesville leur avait allouée durant leur séjour, leurs esclaves n'avaient été que leurs ombres, écrivait poétiquement Jean-Marc qui ne se tenait plus de joie à l'idée de retrouver sa chorale de Saint-Pierre et Solange ses grands et beaux arbres et le fourniment pittoresque de son jardin. Suivait quelques jours plus tard une autre missive écrite dans la chaleur de leur arrivée au logis, et toujours dans cette même prose dansante que le maître de la villa Rose affectionne, le félicitant lui, Charles-André Bertrand, d'avoir su si bien combler le trou d'air de leur absence, car leur villa paraissait ne pas s'en être aperçue dans ce même Portivy où la mer, ajoutait-il déjà avec lassitude, est toujours d'attaque et où les vagues, ces innombrables sottes, n'aspirent qu'à une chose : nous détacher du continent. Du moins, est-ce l'avis titubant du baron Louis quand le vin le remplit de sa houle! «Tu nous vois fendant la haute mer sous son impulsion? Je t'embrasse.»

Charles-André depuis Nantes entendait presque son rire!

Les avis divergent quant à la suite des événements. Si événement il y eut? Car avec Charles-André… Certains affirment, alors que d'autres contestent, tous tombant néanmoins d'accord, que Charles-André Bertrand, tout en respectant magistralement ses horaires au lycée, aurait… Allez savoir? Cela se manifestait en particulier par des distractions sans nom, des façons de tomber de la lune, mais de quelle lune? Avec ses collègues il ne partageait pas vraiment la même! Ce qu'il y a d'indubitable, assure encore Irène Blanchard d'une voix blanche, c'est qu'il neigea entre eux deux après la visite. Car sa solaire personne comme il qualifie parfois sa blondeur en effet s'y rendit!

Oui, un samedi soir que le vent usait, elle avait fini par accepter du bout des lèvres de l'accompagner au château familial, au numéro tant de la fumeuse rue Marzelle, puisqu'il tenait à sa présence! Il faut entendre la toute belle raconter entre amis le long mur gris après la place Zola, la grille hautement fermée où ils sonnèrent au préalable en vain. Une sonnerie stridente à réveiller un mort! Et puis la grosse clef du fond de ses poches, sœur de celle qu'il avait perdue et dont il avait fini par retrouver le double tout rouillé chez lui dans son fouillis du Bouffay, elle grinçait vu son grand âge sans tourner dans le bon sens. Un bon sens qui leur échappait puisque Charles-André en vint, malgré l'imperméable qui lui embarrassait les jambes, à escalader la grille pour l'ouvrir de l'intérieur. Après tout, il était chez lui et entrer chez soi par effraction n'est pas punissable par la loi.

Une masse confuse s'offrit alors à la vue d'Irène. De la brique, de la brique, toujours de la brique! À peine eut-elle le temps de considérer la chose sur trois étages que déjà il l'avait prise par la main et l'entraînait sur la droite où, dans une manière de serre qui paraissait relier le «château» proprement dit, l'édifice principal, à ses dépendances, veillait un homme, crut-elle d'abord, mais l'âme rigide comprit-elle assez vite, en réalité un mannequin costumé en serviteur exotique debout plateau à la main.

«Je n'aime pas ce type», grommela au passage Charles-André. Ensuite, ce fut la cavalcade dans un bâtiment d'un étage plutôt sombre d'allure, caché derrière un rideau d'arbres.

Les communs qu'on appelle «l'Ombre» car le soleil ne s'y montre jamais, expliqua-t-il, où dormit son enfance.

«Mais aujourd'hui ta personne est là pour l'ensoleiller», ajouta-t-il finaud.

Ils montaient quatre à quatre un escalier tordu, avant

un long couloir vite épuisé où somnolaient quelques portes.

«Là, c'était la mienne et là…»

Sa voix s'était curieusement brisée, s'étonnait encore Irène. Elle comprit vite qu'il s'agissait de la chambre de la fameuse tante que sans façon elle ouvrit.

«Tu ne vois rien d'autre?»

Il était resté tout interdit sur le seuil.

«Que veux-tu que je voie? En dehors du lit…

— Et dedans?

— Des draps, un oreiller, mais pas ta tante si c'est cela qui t'empêche d'entrer!

— Ah bon! Pas de Mme Joliette! fit-il en manière de plaisanterie. Oui, c'est là qu'elle couche!»

Son humeur avait changé. Il paraissait pressé d'en finir, des fois que la gardienne les surprenne à fouiller sa chambre.

«Oui c'est elle qui désormais…»

Il pénétra plus avant vers le cabinet de toilette, vérifia l'état des robinets, flirta avec l'armoire, la commode, repoussa les volets pour un bonjour au rideau de trembles et entraîna à nouveau Irène dans le couloir, l'escalier redescendu à toute vitesse.

«Tu veux vraiment voir le reste? Après tout ce n'est qu'une maison bourgeoise, un parc, un étang jonché de feuilles mortes. Mon lac de Tibériade comme je l'appelais tout gamin jouant les bons apôtres.»

Irène n'en revenait pas.

«Mais tu m'as bien menée ici pour visiter tout ça?»

Il en convenait mais son enfance lui remontait trop à la gorge, se justifiait-il. Et puis il n'a que la clef du parc, pas celle du «château». Ainsi il la devançait, parlait à courtes enjambées. Ce n'était plus le même homme qui l'attirait au-dehors, sa bouche riait à son nez. Irène s'éberluait.

«Et pourquoi ton mannequin au plateau, il a les menottes? lui demanda-t-elle soudain.

— C'est un tel bazar cette serre!» conclut-il dans la rue Marzelle fort en pente qui dévalait plus vite qu'eux.

Ainsi allèrent-ils, un boulevard à remonter, une place à atteindre, la Zola, où ils prirent un tramway, le tram, abrègent les Nantais pour le faire aller plus vite. Charles-André malgré l'affluence parlait, parlait, Irène écoutait, écoutait de tous ses pores, une exclamation revenait sans cesse dans la bouche de son compagnon : «Tu m'as rendu un fier service, un jour je t'expliquerai!»

Y aura-t-il un jour, commençait-elle à se demander de plus en plus réservée devant une telle exubérance, une si forte gesticulation verbale, ce n'était en effet que chuchotis dans le cou, à l'oreille, debout comme ils étaient serrés l'un contre l'autre. Sans doute qu'à cause des secousses du trajet, de la presse autour d'eux, elle perdait les trois quarts de son propos, car par quel chemin en vint-il à parler du tremble, cette sorte de peuplier qui pousserait en lisière des bois? À Portivy lors de ses dernières vacances, c'était le premier arbre à s'approcher des fenêtres de la villa de ses amis où il gîtait.

«Tu connais Portivy? C'est dans la presqu'île de Quiberon. Eh bien à Portivy, j'étais un tremble, car moi aussi je m'approche», lui souffla-t-il vulgairement. Et il en profitait en effet pour la serrer presque dans ses bras. Mais, ajoutait-il, «pas avec des roulettes pour me déplacer comme le type de la serre rue Marzelle. Bien qu'en ce moment on roule!».

Ça ne roulait plus tellement pour la blonde Irène: ce garçon a trop une parole éperdue et des yeux ailleurs, se disait-elle. Après une ultime embrassade sur les deux joues place du Commerce où ils descendirent, elle se promit bien de ne plus recommencer une telle aventure. Voir Charles-André Bertrand au lycée, d'accord, deviser avec lui de choses et d'autres, d'accord, mais plus de promenades à deux dans les rues incertaines de la ville. Ce qui explique que lorsqu'une semaine plus tard Charles-André proposa de l'inviter à dîner au «château» dont cette fois il avait les clefs, même celle du grenier, car Mme Joliette bien vivante, «bien vivante» répétait-il avec une voix triomphale, était revenue exprès pour leur faire la cuisine, ayant appris leur fâcheuse mésaventure et aussi somme toute pour se faire pardonner, car elle aurait dû prévenir Monsieur Charles de son absence le sachant si vite inquiet, mais après la dernière soirée familiale, elle ne s'était pas sentie très bien durant la nuit et avait été prendre un bol d'air chez son fils. «Vous avez mangé ou bu quelque chose de pas très catholique», lui avait même confirmé un médecin à Saint-Brévin.

À tout ce beau discours de la part de Charles-André,

comme quoi comme cuisinière il n'y en aurait pas de meilleure sur les bords de Loire, Irène néanmoins opposa un refus poli, prétextant une infinitude de choses en retard dont elle devait s'acquitter sans retard, mais que plus tard, pourquoi pas, etc. etc.

Son vocabulaire était pauvre car elle ne sait pas mentir ! Il parut attristé, tourna les talons, se perdit dans la contemplation d'un mur salle des profs. Un collègue lui tapa sur l'épaule avant que la sonnerie de la reprise des cours n'intervienne heureusement.

Que dire de plus de Charles-André ? Il vivait le plus souvent seul avec ses pensées, pas plus entrebâillé au Bouffay que ses fenêtres, au lycée, perdu dans ses livres, ses cahiers avec de vagues sourires adressés à quelques-uns dans les marges. Mais plus question de réitérer auprès d'Irène une nouvelle fois son invitation à dîner au « château ». Un certain Monsieur « je ne sais plus comment » l'avait acheté sans barguigner et avec tout ce qu'il contenait, y compris le serviteur en bois des îles dans son habitacle vitré, ce qui expliqua aux yeux souvent de douze ans d'âge de Charles-André que ce distingué nouveau propriétaire, rentier de son état, passa de vie à trépas quelques mois plus tard.

Aux dernières nouvelles d'ailleurs, celui-ci, faute de pouvoir ouvrir, faire connaître à Irène le grand livre jaune de son enfance (ce qui aurait fait supposer déjà entre eux une intimité presque biblique), qu'il avait tant parcouru avec Diane Marchand, son ex-compagne, serait parti en Israël le feuilleter en vrai. Du moins, c'était l'avis insolite, presque dansé de Jean-Marc de la villa Rose, l'époux de Solange, à la réception d'une carte postale. On dit même, et toujours d'après nos Américains de Portivy, qu'il s'y serait marié avec une belle Samaritaine des bords du lac de Tibériade, et devenu plus galiléen que les Galiléens. Mais allez donc savoir, démêler le vrai du faux? D'abord trois prénoms forment-ils vraiment un nom? Une ombre durable sur cette terre? Charles-André Bertrand est-ce vraiment, vraiment quelqu'un?

*Œuvres de Michel Chaillou (suite)*

*Le Dernier des Romains*, roman, 2009.
*La Fuite en Égypte*, roman, 2011.

Chez d'autres éditeurs

*Le Colosse machinal*, en collaboration avec Martin Jarrie, Nathan, 1996.
*La France fugitive*, Le Livre de Poche, 2001.
*Le Matamore ébouriffé*, roman, Le Livre de Poche, 2004.
*Éloge du démodé*, La Différence, 2012.
*1945*, récit, La Différence, 2012.

# HAUTE ENFANCE

*Titres parus aux Éditions Gallimard :*

Patrick Chamoiseau, *Antan d'enfance*, 1993 (Folio n° 2844).

Raphaël Confiant, *Ravines du devant-jour*, 1993 (Folio n° 2706).

Junichirô Tanizaki, *Années d'enfance,* traduit du japonais et annoté par Marc Mécréant, 1993.

Luchino Visconti, *Le roman d'Angelo,* traduit de l'italien et présenté par René de Ceccatty, 1993.

Patrick Chamoiseau, *Chemin-d'école*, 1994 (Folio n° 2843).

Régine Detambel, *La lune dans le rectangle du patio*, 1994.

Patrick Drevet, *La micheline*, 1994.

Rabah Belamri, *Mémoire en archipel*, 1994.

Jean-Noël Pancrazi, *Madame Arnoul*, 1995 (Folio n° 2925).

Paul Fournel, *Le jour que je suis grand*, 1995.

Jean-Baptiste Niel, *La maison Niel*, 1995.

Henri Raczymow, *Quartier libre*, 1995.

Chantal Thomas, *La vie réelle des petites filles*, 1995.

Jean-Noël Vuarnet, *L'Aigle-Mère*, 1995.

Diane de Margerie, *Dans la spirale*, 1996.

Daniel Conrod, *Moi les animaux*, 1996.

Kenzaburô Ôé, *Arrachez les bourgeons, tirez sur les enfants,* traduit du japonais par Ryôji Nakamura et René de Ceccatty, 1996.

Rabah Belamri, *Chronique du temps de l'innocence,* postface de René de Ceccatty, 1996.

Jerome Charyn, *La belle ténébreuse de Biélorussie,* traduit de l'anglais (États-Unis) par Marc Chénetier, 1997 (Folio n° 3078).

Jacques Drillon, *Children's corner*, 1997.

Collectif, *Une enfance algérienne*, 1997 (Folio n° 3171).

Élisabeth Préault, *Les visages pâles*, 1997.

Jacques Roubaud, *Le Chevalier Silence*, 1997.

Émile Copfermann, *Dès les premiers jours de l'automne*, 1997.

Maurice Roche, *Un petit rien-du-tout tout neuf plié dans une feuille de persil,* préface d'Édouard Glissant, 1997.

Régine Detambel, *L'écrivaillon ou L'enfance de l'écriture*, 1998.

Gérard Spitéri, *Bonheur d'exil*, 1998.

Annie Cohen, *Bésame mucho*, 1998.

Pierre Péju, *Naissances*, 1998 (Folio n° 3384).

Wilhelm Dichter, *Le cheval du Bon Dieu*, traduit du polonais par Martin Nowoszewski, préface de Stanislaw Baranczak, 1998.

Jean Thibaudeau, *Souvenirs de guerre*, suivi de *Dialogues de l'aube*, 1998.

Alan Jolis, *Le soleil de mes jours*, traduit de l'anglais (États-Unis) par Marie-Claude Peugeot, 1999.

Émile Ollivier, *Mille eaux*, 1999.

Jerome Charyn, *Le Cygne Noir*, traduit de l'anglais (États-Unis) par Marc Chénetier, 2000.

Jean-Louis Baudry, *L'âge de la lecture*, 2000.

Ahmed Abodehman, *La ceinture*, 2000.

Raphaël Confiant, *Le cahier de romances*, 2000.

Zoé Valdés, *Le pied de mon père*, traduit de l'espagnol (Cuba) par Carmen Val Julián, 2000.

Florence Delaporte, *Le poisson dans l'arbre*, 2001.

Annie Cohen, *La dure-mère*, 2001.

Lucienne Sinzelle, *Mon Malagar*, préfaces de José Cabanis et Jean Mauriac, 2001.

Anne-Constance Vigier, *Le secret du peintre Ostende*, 2001.

Bona de Mandiargues, *Vivre en herbe*, traduit de l'italien par Claude Bonnafont, préface de Sibylle Pieyre de Mandiargues, 2001.

Sheila Kohler, *Splash*, traduit de l'anglais par Michèle Hechter, 2001.

Barry Gifford, *Wyoming*, traduit de l'anglais (États-Unis) par Claire Céra, 2002.

Paul West, *Mother's Music*, traduit de l'anglais par Jean Pavans, 2002.

Jérôme d'Astier, *Les bois de l'aube*, 2002.

Françoise Benassis, *L'infante*, 2003.

Nicola Barker, *Géante*, traduit de l'anglais par Catherine Gilbert, 2003.

Ben Faccini, *L'enfant du milieu*, traduit de l'anglais par Claire Céra, 2003.

Mathieu Riboulet, *Âmes inachevées*, 2004.

Jerome Charyn, *Bronx Boy*, traduit de l'anglais (États-Unis) par Marc Chénetier, 2004.

Olivier Bleys, *L'enfance de croire*, 2004.

Antonio Martínez, *Moi, Julia*, traduit de l'espagnol par Serge Mestre, 2004.

Daniel Maximin, *Tu, c'est l'enfance*, 2004.

Jacques-Rémy Girerd, *Cœur de trèfle*, 2004.

Sabine de Muralt, *Tout un monde*, 2004.

Claude Eveno, *Sur la lande*, 2005.

Patrick Chamoiseau, *À bout d'enfance*, 2005.

Henri Raczymow, *Reliques*, 2005.

Jeanne Herry, *80 étés*, 2005.

Gérard de Cortanze, *Spaghetti !*, 2005.

Alain Foix, *Ta mémoire, petit monde*, 2005.

Stella Baruk, *Naître en français*, 2006.

Gérard de Cortanze, *Miss Monde*, 2007.

Annie Cohen, *Géographie des origines*, 2007.

Catherine Shan, *Sa vie africaine*, 2007.

Anne Sibran, *Je suis la bête*, 2007.

Liliane Wouters, *Paysage flamand avec nonnes*, 2007.

Régine Detambel, *Notre-Dame-des-Sept-Douleurs*, 2008.

Jérôme Astier, *Je parlerai de toi à mon ami d'enfance,* 2008.

Jean Giono, *J'ai ce que j'ai donné*, 2008.

Gérard de Cortanze, *Gitane sans filtre*, 2008.

Patrice Gauthier, *L'Enfant-Crime*, 2009.

Bachir Kerroumi, *Le voile rouge*, 2009.

Michel Chaillou, *Le crime du beau temps*, 2010.

Annie Cohen, *Les silenciaires*, 2010.

Pierre Péju, *Enfance obscure*, 2011.

Henri Raczymow, *Points de chute*, 2012.

*Composition Entrelignes (64).*
*Achevé d'imprimer*
*par l'Imprimerie Floch*
*à Mayenne, le 24 octobre 2013.*
*Dépôt légal : octobre 2013.*
*Numéro d'imprimeur : 85711.*

ISBN 978-2-07-013611-7 / Imprimé en France.

237440